これまでのあらすじ

こんにちは。わたし、アニエス。
今回のクエストって、陰謀とかで
ちょっと話が複雑でしょ。
だから、本編に入る前に、わたしのほうから
説明させてもらうわね。

レカ島での冒険が終わったあと、わたしたちはセラファム大陸の東北にあるオルランド国に向かうことにしたの。今オルランドって、王様と国一番の重臣がとても仲が悪くて、ヤバイ状況なんだって。この国の王子で、わたしの幼い頃からの友人でもあるチャールズのことが心配になって、ようすを見に行くことにしたの。デュアンたちは、もしもの時の助っ人ってヤツね。

わたしは、いったんデュアンたちと別れて、フィアナの家に戻ってからオルランドの宿屋で合流することになっていたの。でも、それがよくなかったのよね。宿屋に行ってみたら、デュアンとオルバが黒騎士団に捕まって銀ねず城に連行されたっていうじゃない!?

あ、銀ねず城っていうのはオルランドの王城で、黒騎士団はオルランド国王直属のエリート騎士団のこと。どっちも国の外にまでその名を知られた、伝説や歌にうたわれるほどの、オルランド国民の誇りなんだって。

こうなったらチャールズに単身会いに行くしかない！　というわけで、クノックとチェック（酔いつぶれていたおかげで捕まらずにすんだ）を連れて、わたしは銀ねず城に向かったんだ。ちなみにこのチャールズって子、今13歳なんだけど、すっごい美少年。思わず笑っちゃうくらい。でも、わたし以外の友だちは少ないみたいなのよね。ま、あの極度の人見知りっていうか、引っ込み思案な性格を考えればしかたないんでしょうけど。

チャールズにはあっさり会うことができたけど、そこで変な話を聞いたの。城の中庭にセンゼラブルという魔王が封印されていたんだけど、そうとは知らずに解き放ってしまったらしいんですって。

とにかく私たちだけじゃどうしようもないから、デュアンたちを釈放してもらおうと思ったんだけど……。なんだか王様たちのようすがおかしいのよねー。でもチャールズのおじいさまで、前国王のリースベック様のところへ行ったら謎はすべて解けたんだ。

なんとデュアンたちが捕まったのは、王様が例の重臣シュナイダーを陥れるための陰謀だったの!
しかも悪いことに、シュナイダーはそれを逆手にとって、王様に宣戦布告したんですって! さらに隣国の宿敵ガナウ国も漁夫の利を狙っている、という状況はもう最悪。

ほどなく銀ねず城は大騒ぎ。シュナイダーの手の者らしい赤騎士が、わたしたちのところにも攻めこんできたの。リースベック様と応援に駆けつけた黒騎士の奮戦で、なんとかその場は撃退することができたんだけど……。
わたし？
わ、わたしももちろん戦ったわよ。その……赤騎士にファイアーの魔法を放ったんだけど……なぜか効かなかった……。リースベック様たちも剣の腕は明らかに赤騎士よりも上なのに、なぜか致命傷を与えることはできなかったみたい。

赤騎士たちは王様や王妃様のところにも攻めこんだらしいけど、王妃様は、騒ぎにまぎれて脱獄したデュアンとオルバ、それに謎の戦士と盗賊――クレイ・ジュダとランドに助けられたらしい。王様もなんとか無事みたい。

戦況はどうやら膠着状態。でも、あとで知ったんだけど、気になることがひとつ。デュアンたちが脱獄するときに一緒に連れてきたみすぼらしい盗賊がいて、その人の顔があのシュナイダーにそっくりだというの。何かこの騒ぎと関係あるのかしら？

ともかく、王様が避難しているという銀ねず塔へ。わたしも、元国王のリースベック様、王子のチャールズ、黒騎士団の団長エドワード・ザムト、そしてデュアン、オルバ、クレイ・ジュダ、ランド……たちも集結。
さて、これから！　というところ。
後半は一気に展開するから、ついてきてよ！

今でない時。
ここでない場所。
この物語は、ひとつのパラレルワールドを舞台《ぶたい》にしている。
そのファンタジーゾーンでは、アドベンチャラーたちが
それぞれに生き、さまざまな冒険談《ぼうけんだん》を生み出している。
わたしは、これから一人の勇者《ゆうしゃ》の物語をしようと思う。
ただし、彼が勇者と呼ばれるには、
まだまだ、たくさんの時が必要なのだが……。

デュアン・サーク 6

DUAN SURK

銀ねず城の黒騎士団 下

深沢 美潮

Mishio Fukazawa

イラスト／おときたたかお　デザイン／鎌部善彦

主な登場人物

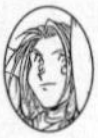
デュアン・サーク……物語の主人公

オルバ・オクトーバ……ファイター。デュアンとパーティを組んでいる

アニエス・R・リンク……フィアナ国の王女。魔法使いとして冒険中

クレイ・ジュダ・アンダーソン……ロンザ国出身の戦士

ランド……クレイ・ジュダと一緒に現れた赤毛の青年

エヴスリン……オルランド国王

ミレーネ……オルランド国の王妃

チャールズ……オルランド国の王子。アニエスの友人

リースベック……オルランドの元国王。エヴスリンの父

○シュナイダー・デックス
エヴスリン王の家臣

○シムル卿
エヴスリン王の側近

○ローレン・バトル
チャールズ王子の世話係

○エドワード・ザムト
オルランド王家に仕える
黒騎士団の団長

○スベン・ジーセン
黒騎士団の中隊長のひとり

○タイラス四世
隣国ガナウの国王。

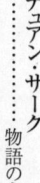

STAGE 5

1

サラスの沼、奥深く。
彼《か》の金の髪《かみ》にからめとられし、剣《けん》ひとふり。
そは、シドの剣なり。
魂《たましい》のこもりし剣にて、扱うこと危険に満ち、
なれど、その力、量《はか》りしれず。
剣自らが認めし者のみ、その力操《あやつ》れん。
ただ落日《らくじつ》の元に待て。
ラグンの木のつぶやきを聞け。
さすれば剣の在処《ありか》知れるであろう。

クレイ・ジュダ・アンダーソンがシドの剣を手に入れたのは、銀ねず城到着時よりほんの

二ヶ月ほど前の話となる。

シドの剣《けん》とは数々の伝説に残っている幻《まぼろし》の剣。この名剣のおかげで、滅《ほろ》びかけていた王国が救《すく》われたとも言われているし、その逆に、この剣を奪《うば》い合《あ》い多くの冒険者《ぼうけんしゃ》が命を落としたこともあるらしい。

どこまでが真実なのか作り話なのか、今やそれを知るのはシドの剣だけとなった。それほど長い間、このサラスの沼に沈んでいた。

詳《くわ》しい話は別の機会に譲《ゆず》るが、偶然《ぐうぜん》立ち寄った酒場《さかば》で耳にした吟遊《ぎんゆう》詩人の歌に興味をひかれ、クレイ・ジュダは単身《たんしん》シドの剣を探す旅に出た。

そして、世にも哀《あわ》れなモンスター、サラスに出遭《であ》う。

サラスとは、その昔《むかし》、ある邪悪《じゃあく》な魔道士《まどうし》によって作り出されたモンスター。顔だけは美しいハーフエルフだが、体は醜《みにく》い吸血《きゅうけつ》ヒルというおぞましい姿をしている。

サラスとの戦いの最中、クレイ・ジュダはあわや沼に沈められそうになった。最後の一呼吸すら奪われ、頭がぼーっとなってしまった時、不思議《ふしぎ》な力が湧《わ》いた。

その力に導《みちび》かれるようにして、水面に浮上。手に持っていた剣を見て驚《おどろ》いた。見慣《みな》れた自分の剣ではない。見たこともない文様《もんよう》が柄《つか》に描かれた……、つまりそれこそがシドの剣だったのだ。

その後、彼はこの伝説の剣とともに再《ふたた》び旅に出た。

そう。クレイ・ジュダその人についても少し触《ふ》れておかなくてはならないだろう。

彼の故郷《こきょう》は大国ロンザの小都市にある。代々騎士《きし》として国王に仕える名家に生まれ、何不自由なく成長してきたが、十四歳の時に、冒険者になることを決意した。

といっても、アンダーソン家ではそれが普通のことだった。男子は年頃になれば必ず修行《しゅぎょう》の旅に出るしきたりとなっていた。ただそれがいつなのか、どこに誰《だれ》と行くのかなどは自由に決めることができた。

彼は四人兄弟の三男坊。上にふたりの兄、下に妹がひとりいたが、兄たちはふたりそろって修行の旅に出かけた。

彼らは立派《りっぱ》に成長し、二十歳《はたち》を過ぎた頃《ころ》に帰国。共に、今はロンザの騎士団の出世頭《しゅっせがしら》だ。

クレイ・ジュダはひとりで旅立った。魔法戦士《まほうせんし》の道を志《こころざ》し、時にはパーティに参加することもあったが、基本的にはひとりで行動してきた。

二十四歳になった今でも国に帰る気にはなれないでいる。彼はいつか帰る時が自然に訪れるだろう、だからその時帰ればいいと考えていた。

こうだから、こう決まっているから、そうするという考え方はしなかった。

腕もレベルも十分に上がった。通常ならどんなに頑張《がんば》ってもレベル11、12といったところだろう。レベルも二桁《ふたけた》になると、面白《おもしろ》いようにレベルアップする初心者とはわけが違う。しかも魔《ま》法戦士《ほうせんし》の道は普通の戦士のそれよりも険《けわ》しい。

だが、クレイ・ジュダはこの歳《とし》でレベル16だった。体も丈夫《じょうぶ》で、身のこなしも軽く洗練《せんれん》されている。しかし、ただそれだけではこの驚異的《きょういてき》なレベルに達するはずがない。

理由といっても、たぶんそれは生まれついた時から、冒険者《ぼうけんしゃ》として運命づけられていたとしか言いようがない。彼の行くところ行くところ、クエストが待ちかまえ、そして追いかけてきたのだ。それも、後々《のちのち》語《かた》り継《つ》がれるような大きなクエストが。

何度命を落としても不思議《ふしぎ》ないほど、数え切れないモンスターが彼の行く手を遮《さえぎ》った。

彼はその都度《つど》、うまく乗り切ってきた。その時、周《まわ》りにいた人たちの善意に支《ささ》えられたという幸運もあった。

いや、彼には、つい協力してしまうような不思議な魅力《みりょく》があった。口数は少なかったが、実に優《やさ》しく暖かみのある目をしていた。彼の近くにいるだけで、心の底がほんのり暖かくなるような気持ちになれた。

現在、行動を共にしているランドと名乗《なの》る男、彼もクレイ・ジュダの魅力に引き寄せられたような形で同行していた。

クレイ・ジュダ・アンダーソン。

この男、後世、「青の聖騎士《パラディン》」として語り継がれることとなる。

2

では、次にランドのことについて触《ふ》れておこう。

彼はクレイ・ジュダよりひとつ年下。二年前……つまり二十一歳までは冒険者をしていた。当時の職業は盗賊《シーフ》。とはいっても、鍵開《かぎあ》け、罠外《わなはず》しといったスキルより、身軽さを活《い》かした実戦のスキルを使うほうが多かった。戦闘《せんとう》ともなれば、軽装備のまま縦《じゅう》横《おう》無《む》尽《じん》に暴《あば》れ回《まわ》った。戦士よりも戦果《せんか》を挙げたことさえある。

クエストとあらばすぐに首をつっこみ、モンスターを目の前にするとすぐに叩《たた》き切った。

レベルも思うままに上がり、二十一の時にはレベル10。二桁になっていた。

さらにレベルを上げようとして、彼は無茶《むちゃ》をした。当時のパーティの誰《だれ》もが先に進むのを断念《だんねん》したクエスト……、それをたったひとりでクリアしようとしたのだ。

山頂近くの谷は、文字通り火の谷であった。

立っているだけで髪《かみ》が燃えてしまいそうな熱気。時おり、シューッと蒸気《じょうき》を噴《ふ》き出《だ》す岩肌《いわはだ》は地熱で真っ赤だ。

相手は炎《ほのお》を吹く竜《りゅう》、火竜《サラマンダー》。

まだ年若い火竜《サラマンダー》と、戦果《せんか》を狙《ねら》い気ばかりが急《せ》く若い冒険者《ぼうけんしゃ》。若輩者同士《じゃくはいものどうし》の死闘《しとう》は長々と続き、どちらも深く傷ついた。

火竜の恐《おそ》ろしい爪《つめ》にやられ、ついにランドが倒れた時、火竜はここぞとばかりに火炎《かえん》のブレスを吹きかけようとした。

たぶん……いや確実に、その時の火炎をまともに食らっていたら、ランドはもはやこの世にいない。

気を失ったランドの体にさっと耐火《たいか》の護符《ごふ》を投げつけた老婆《ろうば》がいた。

老婆の姿に驚《おどろ》いた火竜は、大きく目を見開きあわてて逃げ出した。だが、老婆は目を見張るようなスピードで、その後ろ姿にマジックナイフを投げつけ、火竜の尻尾《しっぽ》を切り落とした。

呆然《ぼうぜん》と、自分の短くなった尻尾を見ていた火竜だったが、老婆がやってくるのを見て、泣きそうな顔で逃げ出した。尻尾を落とされたのは、今度が初めてではなかったのである。それに、ぐずぐずしていると尻尾だけではすまなくなる。

ゆっくりと岩場を上った老婆は、まだプルプルと跳《は》ねる尻尾を鷲《わし》づかみにすると、大きな布袋《ぬのぶくろ》に押しこんだ。そして、軽々とランドを背負い、険《けわ》しい山を下りていった。

彼女はこの山の麓《ふもと》に住む魔法屋《まほうや》だった。

火竜の尻尾は、ファイアーボールを放つ杖《つえ》を作る時に必要だった。

薬やさまざまな魔法のアイテムを作っては、高値で売っていた。

老婆は、自分の作ったアイテムを売るのと全《まった》く同じようにして、ランドを、とあるギルドに売りつけた。

彼がまだ気を失っている間にだ。

だから、ランドが目を覚ました時、自分がいったいどうしてここにいるのか、いや、そもそもここがどこなのか、全くわからなかった。

しばらくして、ようやくその場所が何かのギルドらしいというのがわかった。

普通の農家のような造《つく》りの家に、何人もの人間が寝起《ねお》きを共にしている。

身が起こせるほど回復した頃《ころ》、粗末《そまつ》な食事を持ってきてくれる妙《みよう》に色っぽい若い女から聞いた。ここが暗殺者《アサッシン》ギルドだということを。

驚いたことに、女もアサッシンのひとりだという。魅力《みりよく》のある体と顔と声と、そして巧《たく》みな話術で相手に取り入り、こっそり毒薬《どくやく》を盛《も》る。

そう言われてみれば、深紅《しんく》の唇《くちびる》が毒々しい。

成功率九十％以上、かなり優秀なアサッシンなのだと、ギルドの元締《もとじめ》が教えてくれた。

何はともあれ、命を救《すく》ってくれた礼を言おうとしたランドを遮《さえぎ》り、元締は不気味《ぶきみ》に笑った。

「自分ちの持《も》ち駒《ごま》の手入れするのは当然だろう」

他《ほか》にいたドクロのように頬《ほお》の落ちくぼんだ男が、ランドを魔法屋《まほうや》の婆《ばあ》さんが売りにきたいきさつを話した。

知らぬ間に、ランドは暗殺者《アサッシン》ギルドの一員となっていたのだ。

それから二年。月日は瞬《また》く間に過ぎ去った。

選択肢《せんたくし》のなかったランドは元締の言う通りに働いた。ギルドを抜け出し、冒険者《ぼうけんしゃ》としての生活に戻《もど》ることももちろん考えたが、それはおよそ現実的ではなかった。

一度入ったら、二度と抜け出すことは叶《かな》わない。

それが暗殺者ギルドの掟《おきて》だったからだ。その代わり報酬《ほうしゅう》はべらぼうだ。逃げ出してプロの殺人集団につけねらわれることを思えば、その日暮《ひぐ》らしではあったが、面白《おもしろ》おかしく暮《く》らすというのも悪くはなかった。

……と、自分に思いこませていたというほうが正しいかもしれない。

まぁ、あの最初に介抱《かいほう》してくれた女アサッシンと恋仲《こいなか》になったことも、ギルドにとどまった理由のひとつ（というより一番の）だったのだが。

3

この暗殺者ギルド……、オルランド国の元国王リースベックの命を受け、隣国《りんごく》ガナウからの使者《ししゃ》を暗殺《あんさつ》するため、リースベックの腹心《ふくしん》クリス・ピクラが仕事を依頼《いらい》した、あのギルドである。

恋仲だった女アサッシン、ミスティが他の男に心変わりをした。そのことを知ったランドは、表では平気な顔をし、女にも何の未練《みれん》も見せずあっさり別れてやったのだが、その実、荒れに荒れた。酒と賭博《とばく》の日々を過ごし、仕事以外のことで注意することなどめったにない元締からもやんわり注意をされたほどだ。

そして、この仕事がきた。

「レベル16の魔法戦士《まほうせんし》だろ?」

ランドが目を剝《む》くと、元締は鼻で笑った。

「どうした。怖《お》じ気《け》づいたか」

「いや、そんなこたあねえけどよ。しかも、他にもうひとりヤるんだろ?」

「そっちはどうってことないだろ。目ぇつぶってたって終わる」

「そうだけどよぉ……それにしても、この報酬ってこたねぇだろ」

「別に嫌《いや》ならいいんだ。代わりはいくらでもいる。おれはな、おまえが困っているようだからわざわざ回してやったんだ」

ふん。人の足下《あしもと》見やがって。

たしかに難易度《なんいど》の割には低い報酬《ほうしゅう》だ。賭博《とばく》のつけが溜《た》まりに溜まったランドの足下《あしもと》を見ているとしか思えない。

しかし、やはり選択肢《せんたくし》のないランドは不承不承《ふしょうぶしょう》、首を縦《たて》に振るしかなかった。

おれはいつも選択肢のない生き方をしてる。

ぶつぶつと文句《もんく》をたれながら、まず依頼人《いらいにん》の代理に会った。

身なりのいい男でピクラと名乗《なの》った。二人の男がそれぞれガナウの国王からの密書《みっしょ》を携《たずさ》え、オルランド国へと向かうはずだから、両方とも始末《しまつ》し、それぞれが持っている密書を奪《うば》えという内容だった。

依頼主が誰《だれ》なのかすぐに想像がついた。この辺《へん》じゃ、ガナウとオルランド、そしてオルランド内部の紛争《ふんそう》など、業界じゃなくたって有名な話だった。リースベック元国王がまだまだ健在《けんざい》で黒幕的《くろまくてき》存在であるということも。

そのガナウからオルランドの国王と家臣《かしん》へ密書が届《とど》けられる……それを阻止《そし》せよというのだから、推《お》して知れるというものだ。

最初の標的《ひょうてき》は元締《もとじめ》が予想した通りあっさりと倒した。

運もよかった。

同じ宿を取り、偶然《ぐうぜん》を装《よそお》って部屋も同じにすることができた。全《まった》く警戒していない彼が寝入ったと同時に仕事をすませ、懐中《かいちゅう》を探って目的の密書を手に入れた。

彼の耳を削《そ》ぎ落《お》とすことも忘れなかった。確かに殺したという証拠《しょうこ》だ。

密書の中身は見るなと言われていたが、見るなと言われれば見たくなるのが人情。

読んでみて、ため息をついた。

内容は想像通りで、オルランドの国王が家臣シュナイダーをいかにおとしめようとしているか、微《び》に入り細《さい》をうがち書いてあった。

その上、この密書を届けた使者《ししゃ》は、お互《たが》いの秘密保持《ひみつほじ》のため即刻《そっこく》始末していただきたいと付け加えられていた。

つまり、ランドが殺さなくとも、この男の命はあと一日しかなかったことになる。

ランドは、男のことがなんだか哀《あわ》れに思えてきて、次の仕事が終わった時には自分のこれからについても考えてみたほうがいいと、しみじみ思ったものだ。

そして、次の標的に向かったのだが……それが、クレイ・ジュダだったというわけだ。

彼のほうは、家臣シュナイダーがいかにオルランドの国王を出し抜き、謀反《むほん》を起こそうとしているかという、またまたでたらめな内容の密書を持っているはずだった。

ガナウとオルランドを隔《へだ》てる深い森の道。

ランドは旅人を装《よそお》い、クレイ・ジュダに接近した。

しかし、計画は失敗。あわやというところで、逆に肩口《かたぐち》を斬《き》りつけられ、気絶《きぜつ》してしまう。目が覚めると、そこは洞窟《どうくつ》のなか。ことあろう、クレイ・ジュダ本人に介抱《かいほう》されていた。雷鳴轟《らいめいとどろ》く豪雨《ごうう》のなか、彼はランドのために薬草を探し歩いたのだと知る。あまりのお人好《ひとよ》しぶりに腹を立てたランドは、半《なか》ばやけくそになり、計画の一部始終《しじゅう》を話してしまう。もうひとりの使者《ししゃ》が持っていた密書《みっしょ》も見せようとする。

しかし、クレイ・ジュダはそれを拒否《きょひ》した。そして、

「おれは、頼《たの》まれた仕事をするだけだ」

と言う。殺されることがわかっていながら、そのでたらめな内容の密書を国王に届《とど》けるというのだ。

翌日の夕刻《ゆうこく》、二人が到着《とうちゃく》したオルランドは、その密書を届けるまでもなく、内紛《ないふん》が勃発《ぼっぱつ》していた。

城内のあちこちで火の手があがり、人々があわてて逃げまどっている。

その状況を見てもなお、何の意味ももたなくなったであろう密書を届けに、クレイ・ジュダは城に行くと言った。

「馬鹿《ばか》も休み休み言えよ。今さら行って何の意味があるんだ。危《あぶ》ない目に遭《あ》って、巻《ま》き添《ぞ》え食って死にてえのか？」

しかし、クレイ・ジュダの意志は変わらなかった。

「意味があるかないかは、おれが決めることじゃないさ」

と、ランドを置いてひとりで行こうとするクレイ・ジュダ。

ランドは、ふとこの風変わりなお人好しについていってみようかと思いついた。

そのランドを不思議《ふしぎ》そうに見るクレイ・ジュダ。

「おまえこそ、もう用はないんじゃないのか？　それとも、まだおれを殺すつもりなのかい？」

「ふん、おめぇには神のご加護《かご》ってもんがついてるようだしな。そんな割にあわねぇことはしねぇ。ただ、目の前で、こんなおもしれぇ活劇《かつげき》がおっぱじまろうってぇのに、見逃す手はねぇだろ？　おいらもついてくぜ」

彼らが城にたどりついた時には、赤騎士《きし》たちと黒騎士団の戦いが序盤戦《じょばんせん》のピークを迎《むか》えようとしていた……。

4

さて、話を戻《もど》そう。

オルランドの王、エヴスリンが避難《ひなん》しているという塔《とう》……銀ねず塔へデュアンたちが向かっているところだった。

先頭の黒騎士《きし》に導《みちび》かれ、側近《そっきん》たちに守られながら進んでいるのはミレーネ王妃《おうひ》である。

彼女は数歩歩いては、大きなため息をつき「どうしてわたくしがこんな目に遭《あ》わなくっちゃいけませんの？」と、愚痴《ぐち》を言った。そのたびに、横についている侍女《じじょ》たちがおおげさに同情し、そして慰《なぐさ》めた。

デュアンたちはそのずっと後ろ。デュアンの隣《となり》にはオルバ、肩《かた》にはチェック、後ろにはクレイ・ジュダとランドがいた。

彼らを挟《はさ》むようにして黒騎士たちが続く。

あのシュナイダーそっくりの男（本人はカルロスと名乗《なの》ったが）はデュアンのすぐ前を黒騎士に腕《うで》を取られたまま歩いていた。

どこに待避《たいひ》しているのか、あの赤ずくめの魔道士《まどうし》も赤騎士たちも今は影《かげ》すら見せない。

銀ねず塔《とう》は、城の南西……中庭を見下ろすようにそびえ立っていた。

城から塔までの回廊《かいろう》には一応《いちおう》屋根がつけられてはいたが、横殴《よこなぐ》りに降りしきる大雨の前では無力だった。

全員、肩をすぼめ、できるだけ早足で通り抜けたにもかかわらず、全身がじっとり濡《ぬ》れてしまった。

デュアンはなかに入る前に、塔を見上げた。

激《はげ》しい雨粒《あまつぶ》が目に入ってくる。目をしばたいて見た塔は、圧迫感《あっぱくかん》はあるものの、城から受けるような豪華《ごうか》で華麗《かれい》なイメージはなかった。どちらかというと、打ち捨てられた遺跡《いせき》のような、そんな寒々《さむざむ》しい感じがした。

塔のなかに入ると、すぐに小部屋があった。木製の椅子《いす》が三脚《きゃく》ほど壁《かべ》に沿《そ》って置かれていた。次の部屋はかなり大きめで、中央にかなり大きい円柱があった。壁には黒い甲冑《かっちゅう》がかかっていた。奥に石造《いしづく》りの階段があった。どの部屋にも松明《たいまつ》があり、赤々と火が灯《とも》されていた。

二階へと上りながら、デュアンは、壁に所々ある窓から外のようすを見た。しかし、激しい雨のためほとんど何も見えない。

雨はざあざあと大きな音をさせ、いびつな窓ガラスを叩《たた》き続《つづ》けていた。

時々、人々の姿をくっきりと浮かび上がらせる閃光《せんこう》。間を置かず轟《とどろ》き渡《わた》る雷鳴《らいめい》。

ただでさえ、これからどうなるのかと心細く不安が募《つの》るばかりのデュアンは、雷鳴が轟くたびに身をすくみ上がらせた。

三度目に窓をのぞきこんだ……と同時にすさまじい閃光と雷鳴がきた。

思わず階段から足を滑《すべ》らせる。

「うわっ！」

ドン。

すぐ後ろを歩いていたクレイ・ジュダの胸にぶつかった。

背の高い彼を見上げ、デュアンは顔が真っ赤になった。

かっこわるい。かっこわるすぎるよー。

しかし、クレイ・ジュダはデュアンを助け上げ、

「すごい雷《かみなり》だったな」

と、微笑《ほほえ》んでくれた。

それだけでデュアンが言《い》い訳《わけ》をしなくてすむ。

そのことをきっかけに、それまで押《お》し黙《だま》ったままで歩いていた一行が口を開きだした。

最初の疑問《ぎもん》を投げかけたのはランドだ。

「しかし、塔《とう》に逃げこむってのは考えものだと思わねえか?」

彼の言葉にうなずいたのはオルバ。

「まったくだ。たしかに塔に逃げこめば下からの攻めには対抗しやすくはなる。しかし、他《ほか》に逃げ場がないというのが辛《つら》すぎるな。下から火あぶりにされたらどうする」

「だよなあ。それに、こんなに早くに逃げてどうすんだ? 塔に隠《かく》れるのは最後だろ? 普通。なあ、今って、おたくらそれほど劣勢《れっせい》なのかい?」

Duan Surk

Character File

Duan Surk

デュアン・サーク

たったひとりの肉親であり、あこがれだった兄が兵士になったことから、その後を追うようにファイターを志す。年齢はもうすぐ17歳。髪の色は金で、目はグリーン。身長174㎝、体重54㎏とファイターにしては華奢な体格。その外見通り腕力はかなりひ弱。格闘戦では雑魚モンスター相手にも苦労するほどで、経験値はなかなかたまらない。しかし、知力はかなりのもので、高レベルの冒険者にすら厳しいピンチを、何度も機転で切り抜けてきた。性格は温厚で、一見頼りなげにも見えるが、芯はねばり強い。

冒険者レベル
3
賞罰
特になし

Name
デュアン・サーク

ジグレス366年11月16日生まれ

本籍・国籍……… フロル国
カシバール22-A
連絡先…………… 同上
職種………………… ファイター

交付：ジグレス382年11月16日

ジグレス383年11月16日まで有効

各特性値

体力……… 32	知力……… 62
カルマ…… +4	魔力……… 10

経験値 377 500でレベルアップ可

ひょいと後ろを振り返るランド。

ふいに質問された黒騎士《きし》は、うっと口ごもった。

「上には上の考えがある。おまえらは黙《だま》って従えばよいのだ」

「ふーん。ま、そう言うしかないわな」

ランドとオルバは（しかたないな）というように顔を見合わせた。

しかし、その謎《なぞ》はすぐに解《と》けた。

王が陣取《じんど》っていたのは、塔《とう》の三階。塔は五階まであり、その三階部分に少し広めの広間があった。つまりそこだけ塔の一部がふくらんでいた。

あとで説明を聞いてわかったのだが、もともとこういう非常の時に使うために設計された塔なんだそうだ。

陣頭指揮《じんとうしき》をするため、城全体はおろか城外のようすも見渡《みわた》せること、下からの攻撃に備え出入口は一カ所だけで、庭からしか入ることができないこと、大きく張り出た出窓部分には下へ向けて弓矢を射《い》かけられる場所があること、籠城《ろうじょう》に備えて食料や水が十分蓄《たくわ》えられていること等々……城のなかの小さな要塞《ようさい》と言っても過言《かごん》ではなかった。

広間の中央に一段高くなったところがあり、紅《あか》い絨毯《じゅうたん》が敷《し》かれていた。その中央に王の椅《い》子《す》が置かれ、エヴスリン王が難しい顔をして座っていた。彼の周《まわ》りには、黒騎士二人が控《ひか》え

Duan Surk

Character File

Olba October

オルバ・オクトーバ

デュアンが魔女の森で出会った、黒い長髪に黒い瞳の戦士。年齢は24歳と若いが、冒険者歴13年のベテランだ。身長193cm、体重82kg。ずば抜けた体格で繰り出す一撃は、サイクロプスやグリフォンといった強敵モンスターをも難なく打ち倒す。戦闘以外でも、冒険者として様々な経験を積んでいて、デュアンにとって頼りになる「師匠」。もともとは一匹狼の冒険者で、普段はぶっきらぼうな態度をとっているが、行き倒れになりかけていたデュアンを助けたりするなど、お人好しな一面もたびたび見せる。

冒険者レベル
14
賞罰
特になし

Name
オルバ・オクトーバ

ジグレス359年8月8日生まれ

本籍・国籍……… ヴァール国ニルギ町677-1-2
連絡先…………… 同上
職種……………… ファイター

交付：ジグレス383年8月8日

ジグレス384年8月8日まで有効

各特性値

体力……115	知力………50
カルマ………0	魔力………0

経験値 **4792** 5000でレベルアップ可

ていた。

奥にも何か部屋らしきものがあるようだったが、分厚《ぶあつ》いカーテンのせいで見えない。

また、広いといっても所詮塔《しょせんとう》のなかの一室。壁際《かべぎわ》に並んで立っているデュアンたちにも、王の席は見えたし、彼らの話し声もはっきりと聞き取れた。

まずミレーネ王妃《おうひ》が王のほうへ駆《か》け寄《よ》り、文句《もんく》を言い立てた。

「あなた、どういうことなんですの？　わたくし、もう少しで死ぬところでしたのよ！」

「す、すまない。さぞかし恐《おそ》ろしい目に遭《あ》ったのだろうな。かわいそうに」

王は王妃の手を両手で握《にぎ》りしめ、撫《な》でさすった。

王妃はバラ色の頰《ほお》をふくらませて、その手を払いのけた。

「あとでゆっくり教えて差し上げますけど。わたくし、赤いローブを着た恐ろしげな魔道士《まどうし》に魔法《まほう》をかけられたんですのよ!!」

「な、なに？　それは本当か？」

脇《わき》で控《ひか》えていた黒騎士《きし》が答える。

「はい。敵には何人か魔道士がいる模様《もよう》です」

「ううぅむぅ……」

Duan Surk

Character File

Check

冒険者になる前にデュアンが卵から孵したグリーニア(羽トカゲ)の子ども。体の色はエメラルドグリーン、髪は金色で目の色は黒。背中の薄羽で飛べて、低レベルながら回復と治癒の魔法も使える。カタコトの人の言葉を話すが、あまり難しいことは考えられない。好奇心が強く、目につくものすべてを点検したがる。

チェック

王が腕組《うでぐ》みをして唸《うな》っているのを見て、黒騎士は内心舌打《したう》ちをした。

さっき報告申し上げたばかりじゃないか。もう忘れてしまわれたのだろうか……。

と、その時、例の謎《なぞ》の男が王の目にとまった。シュナイダーそっくりの男だ。

王は彼を見るなり立ち上がって叫んだ。

「シュナイダーではないか!!」

「ち、ちがいます。あっしはカルロスっつぅしけたコソ泥《どろ》でやす!! おねげぇです。自由にしてくれなんつう図々《ずうずう》しいこたぁ言いやせん。せ、せめて早く、早く牢《ろう》に戻《もど》してやってくだせえ」

悲鳴《ひめい》のような声をあげ、男は床《ゆか》に額《ひたい》をこすりつけて哀願《あいがん》した。

王はわけがわからないという顔で黒騎士た

ちを見た。

「ど、どういうことだ？　なんだ、この情けない姿は……。そうだ。エドワードはどうした？」

「団長は、リースベック様、チャールズ王子……そして、フィアナ国からの客人であらせられますアニエス王女の救出《きゅうしゅつ》に向かっております。先ほどの報告では、じきにこちらへ皆様をお連《つ》れするとのこと」

デュアンとオルバは顔を見合わせた。

（アニエス、無事みたいだね）

（ま、あのじゃじゃ馬なら、そうやすやすと死にゃあせんだろうがな）

ひそひそと噂《うわさ》をし合った時、当のアニエスがリースベックやチャールズ王子らと現れた。

団長のエドワードが先頭に立ち、王のほうへ走り寄った。

「遅《おそ》くなって申《もう》し訳《わけ》ございません。ただいま、リースベック様、チャールズ様をお連れいたしました」

リースベックが室内に入るなり、黒騎士《きし》たち全員がビシッと姿勢を正す。王も緊張《きんちょう》した顔で黙《だま》りこんだ。

面識《めんしき》のないデュアンは、最初彼が何者なのかピンとこなかったが、すぐに思い出した。

Duan Surk

Character File

Agnis R. Link

アニエス・R・リンク

オルバと同じく魔女の森で出会った、16歳の魔法使い。火のように明るい赤の巻き毛と深い紫の瞳、抜けるような白い肌の美少女。精霊使いの血を引いているおかげで強力な火系魔法を使える。ただ魔力は、低レベル冒険者のそれと変わらず、魔力消費の少ない呪文をまだ覚えていないため、一発放つと卒倒してしまうのだが。フィアナ国の王女という生まれにもかかわらず、とりすましたところはない。正義感の強い直情径行型の性格。デュアンたちとの冒険で得た刺激が忘れられず、冒険者になることを決意。

冒険者レベル
4
賞罰
特になし

Name
アニエス・R・リンク

ジグレス367年6月2日生まれ

本籍・国籍……フィアナ国

連絡先……同上
職種……魔法使い

交付:ジグレス383年7月2日

ジグレス384年6月2日まで有効

各特性値

体力……21	知力……44
カルマ……+9	魔力……33

経験値 599 700でレベルアップ可

そうだ。たしか先代の王様だ。さすがにすごい威圧感《いあっかん》だ……。

彼らに続き、アニエスも現れた。

彼女はデュアンたちを認めると、大きく目を見開き、眉《まゆ》を吊《つ》り上《あ》げた。

しかし、それだけで声もかけずに王子たちの後について王たちのいる壇上《だんじょう》へと進んでいってしまった。

(ちぇ、なんて態度だ?)

(そうだよね。声くらいかけてくれたっていいのに)

(だいたい、なんでおれたちがこういう扱いを受けなきゃなんねーんだっつーの!)

(うんうん、まったくだ!)

珍《めずら》しくデュアンとオルバは意見が合ったもんで、二人してヒソヒソ言ってると、例のオルバたちを捕まえた黒騎士《きし》の中隊長《ちゅうたいちょう》にどつかれた。

「静かにしろ!」

ガツッと後頭部を殴《なぐ》られ、デュアンはその場にうずくまり、オルバは「…のやろう!」と、黒騎士の背中をどつきかえした。

しかし、敵は全身鎧《ぜんしんよろい》。オルバに分《ぶ》があるわけがない。

「いってて……」

Duan Surk

Character File

K'nock

クノック

アニエスが小さい頃からそばにいる雪豹。輝かんばかりの白い毛並みに浮かぶ小さな黒い斑点模様が特徴。言葉こそ話せないが知能は高い。アニエスへの忠誠心は絶対で、彼女の命令がなければテコでも動かない一方、危機には命をかけて立ち向かう。

殴った腕《うで》を抱《かか》えこんだ。

「何やってんだか」

隣《となり》で涼《すず》しい顔をしているのはランド。

さらに隣で、何か別のことでも考えているふうなのはクレイ・ジュダ。彼は壁《かべ》にもたれ、静かに目を閉《と》じていた。

その頃《ころ》、広間の壇上では王たちの話が進行していた……というより、大もめにもめていた。

5

「では、この男は確かにシュナイダーではないと言うのだな?」

エヴスリン王が問いただすと、黒騎士団団長のエドワードが断言《だんげん》した。

「はい。あり得ません。先ほど、宝物庫《ほうもつこ》で王様がお会いになったのがシュナイダーであるとすれば。その頃《ころ》、確かに牢屋《ろうや》にいたと牢番が証言しております。といっても、なぜかずっと彼はマスクを着けさせられていたのですが……。ま、それにしても声や姿はごまかせません。彼はずっと前から牢屋に入れられたままで、一度も出たことがなかったそうであります」

「しかし、……あまりにも似ておるではないか！　それに、その服……貴族《きぞく》の服に見えるが？　男の言う通りただのコソ泥《どろ》なら、こんな服は着ておらんはずじゃ」

「たしかに、シュナイダーの家の紋章《もんしょう》をつけています」

「ならばそうだろう」

「はぁ。わたくしも最初はそうも考えたのですが……服など、着せてしまうことは簡単ですから」

「しかし、何のために貴族の服を着せる？」

「さぁ……それは理解しかねますが」

いつもは父であるリースベックの前に出ると途端寡黙《とたんかもく》になってしまう王だったが、今は部下や王妃《おうひ》の手前、リーダーシップを取り、いいところを見せようと必死だった。だからこそ、一瞬《いっしゅん》でもエドワードを言い負かすことができて、王は少し機嫌《きげん》をよくした。

しかし、リースベックの次の一言ですぐまた落ちこんだ。

王の横に置かれた椅子《いす》にどっかりと腰《こし》をおろした元王は、苦々《にがにが》しい口調《くちょう》で言った。

「もとはと言えば、おまえの責任じゃ。シュナイダーのもくろみにまんまと引っかかりおって」

どうやら全《すべ》て報告済《ず》みらしいというのを知り、王はますます腐《くさ》った。

いったいどっちが今の王だと思ってるんだ!?　エドワードたちは。

「しかし、それを今いくら言っても仕方のないことだ。それより、まずは対策を立てねば」

と、エドワードらに言うリースベックに、王は内心ぼやいた。

ふん、なら最初から言わなければよいのに。父上はなんだかんだと言って、まだ王位《おうい》を捨て切れていない。それがどんなに迷惑《めいわく》なのか、わかっちゃいないんだからな。

そんなにわたしが信用できないのなら、引退《いんたい》などしなければよかったのだ。そうすりゃわたしだってまだ遊んで暮《く》らせたというのに。

もし、この内心のぼやきがリースベックに聞こえでもしたら、どんな雷《かみなり》が落ちるかしれやしない。

しかし、王にとって父にガーガー言われることなど、さほど恐《おそ》ろしくはなかった。それこそ子供の頃から耳にタコができるほど言われ続けていて慣《な》れっこになっている。

彼にとってもっとも恐ろしいのは、王妃から愛想《あいそ》を尽《つ》かされてしまうこと。今のところは王妃《おうひ》という座に満足しているのか、文句《もんく》を言いながらも我慢《がまん》してくれている。しかし、その我慢が限界《げんかい》に達してしまったら？　彼女が自分のそばからいなくなってしまったら？　そう考えるだけで血の気が失せ背筋《せすじ》に冷たいものが走り、いてもたってもいられなくなるのだ。そう。この時点で、王は自分が王位《おうい》を追われるかもしれない……、まさに今、そのピンチに立たされているのだというのをまだまだ実感できていない。

それよりなにより、ここは一挙《いっきょ》にポイントを稼《かせ》がねば……。王はそんなことを考えていた。

「この男がシュナイダーであるかどうかを見極《みきわ》めるのは、確かに必要なことじゃな。それによって敵の目的が変わってくる。目的が変われば当然その手段も違ってくる」

いつものように全《すべ》ての陣頭指揮《じんとうしき》を執《と》り行《おこな》うべく、リースベックがエドワードらと会議を始めようとした。

しかし、いきなり王が立ち上がり、彼らの間に割って入った。

「わたしは、この者たち、すべて物《もの》の怪《け》の仕業《しわざ》だと考えておる。あのシュナイダーも、この男もそうだ。いや、もともとシュナイダーという男は物の怪の化身《けしん》だったのだ。そう考えれば全てが納得《なっとく》できるであろう」

この論には、リースベックたち全員、あきれ果《は》てて言うべき言葉を失ってしまった。

全員が怪訝《けげん》そうに王を見る。

王も自分で言っておいて、これは説得力《せっとくりょく》がなかったかなぁと思っていた。しかし、いったん言い出した以上引っこめることはできない。

意地《いじ》でも、ここは自分が主導権《しゅどうけん》を握《にぎ》らねば。

ふっと横目で王妃を見た。彼女がどういう表情で自分を見ているのかが気になったからだ。

彼女まで自分をあきれたような顔で見ていてはショックなことこの上ない。

が、ミレーネ王妃は夢《ゆめ》でも見ているようなまなざしで、まったく別の……壁《かべ》のほうを見ていた。

なに⁇

急いで、視線の先を見る。

と、同時に王の頭にカーッと血が上った。

だ、誰《だれ》だ、あいつは！

そこには、いかにも王妃が好みそうな背の高い男がいた。軽装だが、しっくりと体になじんで見える黒い革服と防寒用のマント、銀色に光る細身《ほそみ》の長い剣《けん》、長い足には黒いブーツ……。

見たこともない顔だが、どこかの傭兵《ようへい》なのか？

長い黒髪《くろかみ》を肩《かた》に垂《た》らし、青い目が印象的《いんしょうてき》だ。その上、キザったらしくもなくごく自然なようす。王もついつい目をやってしまうほどのカリスマをもった男だった。

そして、その男の横を見れば、他《ほか》にも無骨《ぶこつ》そうな大柄《おおがら》な男や、これまた正反対の一見すると少女にも間違えられそうな華奢《きゃしゃ》な少年もいる。燃えるような赤毛の、ひょろっとした体格の男もいた。

あいつら、いったい何者なんだ？　どうしてこの部屋にいるんだ。

「息子《むすこ》よ、おまえは疲《つか》れているのではないか？　しばらく代わりを務めるゆえ少し休んでおれ」

リースベックに言われ、王はふっと我に返った。

「よ、よけいなお世話です。父上こそ、すでに引退《いんたい》された身、ゆっくり休んでいてください」

元王は眉《まゆ》を吊《つ》り上《あ》げた。

「わしとて、そうしていたいのは山々《やまやま》じゃ。しかし、こともあろうに、この国家の一大事に物《もの》の怪《け》の仕業《しわざ》なんぞと真顔《まがお》で言い出す男がおっての。そんなやつに任《まか》せてはおれんじゃろうが！」

ぐっと口の端《はし》を噛《か》みしめるエヴスリン王。

「で、では、どういうことだと説明されるのです？　聞けば赤い騎士《きし》たちが大群で押し寄せ、叩《たた》いても叩いてもすぐまた復活《ふっかつ》してくるということです。その上、雷《かみなり》の魔法《まほう》を操《あやつ》る魔道士《まどうし》もいるとか」

こやつ、まだ口答えをするつもりか！

リースベックの我慢《がまん》もここまでだった。

「黙《だま》れ黙れ。この役立たずめ。今、こんなくだらない言い合いに割《さ》いている暇《ひま》はないんじゃ。ほれ、エドワード、かまわぬ。戦況《せんきょう》をもう一度整理して報告せよ」

立ち上がり、王を振り払うようにしてエドワードのほうを向いた。

しかし、我慢の限界《げんかい》を越えたのは王も同じこと。顔を真っ赤にして父の襟首《えりくび》にしがみついていった。

「役立たずですと!? よ、よくも自分の息子に向かって……皆の前で」

王の頭のなかで、何かが弾《はじ》け飛《と》んでいた。真っ白になり、そして、目の前にいる銀色の長い髪《かみ》を結んだ偉丈夫《いじょうふ》の老人がますます巨大に見えた。

悲しいのは、いくら悔《くや》しくともその相手を心底憎《しんそこにく》めないことだ。いっそ憎めたら、胸がすっとして落ち着くだろうに。

鼻の奥にツンとくるものがあり、それはそのまま目の端を伝い落ちていった。

「よせ。落ち着くんじゃ。何を……馬鹿《ばか》め、泣くことはないだろう」

エドワードらが王を止めた。王は、はぁはぁと肩《かた》で息をしながらも目を真っ赤にしてリースペックを睨《にら》みつけている。

そのようすを見て、リースベックは深々《ふかぶか》とため息をついた。

「いくつ年を重ねれば……、どれほどの権限と責任をもたせれば大人《おとな》になれるんじゃ。我が子ながら、ほとほと情けない……」

その言葉のあとには、ただただ沈黙《ちんもく》が続いた。

ちらっと動くことさえ、はばかられるような……なんとも居心地《いごこち》の悪い沈黙。

聞こえるのは、一向《いっこう》におさまるようすを見せない激《はげ》しい雨の音と雷鳴《らいめい》、木々をなぎ倒すほどの勢いで吹き荒れる風の音……そして、高い位置に取りつけられた松明《たいまつ》の火のチリチリと爆《は》ぜる音だけだった。

6

まいったよなぁ……。

デュアンは、思わず大きなため息をつきそうになって肩《かた》をすくめた。しかし、深呼吸するのと同じように大きく息を吸いこんでしまってるわけで。もうあとには退《ひ》けない。ゴクンと唾《つば》を呑《の》みこむと、三回か四回に分割して息を吐《は》き出《だ》した。

どわあぁぁ。

ったく。どうすんだよ、この気まずい空気は。部屋全体が息を潜《ひそ》めているようだ。

だいたい、んなことしてる場合じゃないだろうに。よくわかんないけど。

目だけでオルバを見上げると、彼は壁《かべ》にもたれ、苦《にが》りきった顔で天井《てんじょう》を見上げていた。

……と、いきなり、

「デュアン、誰《だれ》か来……!!」

チェックが声を出したので（彼にしてみればかなり遠慮《えんりょ》して小さな声だったのだが）、デュアンは心臓を飛び上がらせた。

（静かにしろよ!!）

しかし、チェックが知らせようとした「誰か」が誰なのかわかって、口をポカンと開けた。

背中まで垂《た》らした赤く燃えるような髪《かみ》、紫水晶《むらさきすいしょう》のような瞳《ひとみ》。

王女らしい、改まった服装をしたアニエスだった。

彼女は、誰にも気づかれないようにデュアンの横へ、そっと移動してきたのだ。

（……??）

デュアンが目で「どうしたの?」と聞くと、彼女は小さく突き出た顎《あご》をクイッと上げ、ついてくるようにと合図《あいず》した。

ついてこいって、いったいどこに??

しかし、アニエスはズンズン進んでいき、出窓のひとつにかかった重いカーテンの隙間《すきま》にスルリと滑《すべ》りこんだ。

一瞬《いっしゅん》、どうしたものかと考えたデュアンだったが、考えていてもしかたない。あとに続いて同じように滑りこんだ。

(うわっ!)

(きゃ!)

いきなりアニエスがいた。

重いカーテンと出窓との隙間でドンとぶつかったものだから、彼女はバランスを崩《くず》し、デュアンにしがみついた。

やわらかな頬《ほお》がデュアンの胸に押しつけられる。

(ひゃー、細いなぁ、こいつ)

ウエストをつかんだデュアンは妙《みょう》なことに感心した。

それにしても、こんな場所で、すごい密着度《みっちゃくど》だ!!

息さえかかるほどのくっつき方だ。やわらかいし、あったかいし、なんだかほわほわっといい匂《にお》いもするし。

そう思った途端《とたん》、デュアンの頭に血が秒で上った。いや、全《すべ》ての血が顔と頭に結集したと

言ってもいい。

心臓は、血を送り出すのに必死で、ドックンドックンと大きく激《はげ》しく自分の職務に励《はげ》んだ。

それを知ってか知らずか（たぶん……いや絶対知ったこっちゃない）、アニエスは細い小さな手でデュアンの手をつかんだ。

もっと出窓の先のほうへ行こうというのだ。

たしかに、そこまで行けば小声で話くらいできるだろう。

しかし、どうして彼女はそんなことを知ってるんだ？　そうか。王子に聞いたんだな。

そういえば、あの王子、ずいぶんと華奢《きゃしゃ》な……女の子みたいな王子だったなぁ。

ま、人のこと、言えないんだけどさ。

手を引っ張られるままにして、デュアンは彼女の手が氷のように冷たいことに気づいた。

「アニエス……」

「ここまで来ればいいわね。デュアン、久しぶり！」

「アニエス……」

デュアンは彼女の両手を自分の両手で包みこんだ。

「何よ！　やらしーわね」

いきなりバシッと手を叩《たた》かれる。

「い、いってぇえ。や、やらしーって……違うよ。ぜんぜん違うって。あんまりあんたの手が冷たいからさ」

さっきまでのドキドキが一気《いっき》に冷《さ》めていく。

ちぇっ！　なんだよ。まったく。

そうだ。そうだった。こいつぁ、こういう女だった。

彼女の指摘《してき》通りちょっとは「やらしーこと」を考えたなんてことはすっかり棚《たな》に上げ、デュアンは憮然《ぶぜん》とした顔になった。

しかし、アニエスはまったく我関《われかん》せずという調子。

「あのさ。時間ないから、かいつまんで話すわ。えーっと、まず……。うん、あのね。すんごくこみいった話になってるんだけど、あなたどれくらい把握《はあく》してる？」

「えーっと……おれたち、宿屋で寝《ね》てるところを襲《おそ》われて、んで、濡《ぬ》れ衣《ぎぬ》着せられてさっきまで牢屋《ろうや》にいたんだよ。逃げ出そうとしたら、黒騎士《きし》と赤騎士が戦ってて、シュナイダーって人にそっくりな人が隣《となり》の牢屋にいてさ……そのシュナイダーっての、それから、王様と争《あらそ》ってる関係にある人なんだろ？　んで……」

さらに続けようとしたら、アニエスはその氷のように冷たい指をデュアンの口に押しあてた。

「もういい。詳《くわ》しい説明はあとでする。とりあえずわたしの言うことを全面的に信じてくんない？」

「い、いいけど……」

「いい子ね」

い、いい子だぁ⁉

おまえのほうが年下だろー⁉

デュアンが断然抗議《だんぜんこうぎ》しようと口を開いたと同時に彼女は言った。

「単刀直入《たんとうちょくにゅう》に言うとさ。これ、黒幕《くろまく》は魔王《まおう》」

「…………ほへ⁇」

時折《ときおり》光る稲妻《いなずま》くらいしか光源はない。ほとんど真《ま》っ暗《くら》ななかで二人は話しているのだが、そのことにデュアンは感謝すべきだ。

たぶん、彼が十六年間生きてきたうちで、もっとも間《ま》の抜《ぬ》けた顔をしていたからである。

……と、カーテンの向こう側……つまり、王たちのいるほうから大きなざわめきが聞こえてきた。

「どうしたんだろう？」

デュアンが言うと、アニエスは再《ふたた》びデュアンの手を取り、戻《もど》るようにと促《うなが》した。

「王子が説明を始めたのよ。いいこと？　とにかくわたしと王子のことを助けて。助けられるのは、とりあえず近場《ちかば》では……あなたしかいない」

7

アニエスの予想は外《はず》れていた。

もちろん、チャールズ王子も説明をしようとしてはいた。しかし、なかなかその勇気《ゆうき》が出ない。何とも気まずい沈黙《ちんもく》のなか、一歩前に出て唐突《とうとつ》に話し始めるというのはあまりにも難しすぎた。

そうこうしているうちに、黒騎士《きし》のひとりが駆《か》けこんできたのだ。

彼は上がる息を懸命《けんめい》におさえ、報告した。

「敵が動き出した模様《もよう》です!!」

「来たか」

リースベックが立ち上がった。

いや、そこにいる全員が立ち上がり、騒然《そうぜん》となった。

「ひぃっ！」

王は情けない悲鳴《ひめい》をあげ、両手を口にわなわなと震《ふる》えて立っていた。

「敵は何名いる？　ここのことはわかっているようすか？」

黒騎士団団長《きしだん》のエドワード・ザムトに聞かれ、先の黒騎士が答えた。

「いえ、まだあたりをうろつき回っているだけのようです。とはいっても、この雨ですから、あっちも自由には動けないのでしょう。ですから正確な人数は不明であります……。しかし、赤のローブをまとった魔道士《まどうし》が三名もいたと報告がありました！」

「なに？　二名ではなかったのか⁉」

エドワードたちは眉間《みけん》に深く皺《しわ》を寄せ、お互《たが》いに顔を見合わせる。何事かを囁《ささや》きあう騎士たちもいて、まさしく室内は騒然《そうぜん》となった。

「いったいどこから湧《わ》いて出てくるんだ！」

「一人でも厄介《やっかい》だというのに、三人も魔道士がいては……」

「まいったな。それにひきかえ、こっちには一人もいない」

「うーむぅ……」

動揺《どうよう》を隠《かく》し切れない騎士たちに向かって、エドワードは低く通る声で言った。

「うろたえるな。これしきのことで動揺するとは黒騎士団の名が廃《すた》るぞ」

これを聞いて、ランドがすかさずつぶやいた。

「いや、普通《ふつう》動揺するだろ」

「だな」

相づちをうったのは、横で腕組《うでぐ》みをしているオルバだ。

彼は、牢屋《ろうや》にいた男を横目で見た。彼は、今や誰《だれ》にも相手をされず所在《しょざい》なく部屋の隅《すみ》に立っていた。

「あのシュナイダーって男にそっくりなやつのことはどうなったんだろうな」

「さあねぇ。皆《みな》さん、それどころじゃないんじゃありませんかねぇ」

「しかし、また今動き出したっていうんだろ。敵の大将がいるのかどうか、まず確認すりゃあいいのに」

「そりゃそうだ。しっかし、奴《やっこ》さん、かわいそうに。ほら、真《ま》っ青《さお》な顔して震《ふる》えてる。王様といい勝負だ」

ランドが茶化《ちゃか》すように言った時だ。

「彼は何らかの魔法《まほう》か、呪《のろ》いをかけられていると思う。誰かと記憶《きおく》を取《と》り換《か》えられている」

ずっと黙《だま》ったままだったクレイ・ジュダがぽつりと言った。

「なんでわかるんだよ」

ランドが聞くと、クレイ・ジュダは謎《なぞ》の男を見ながら答えた。

「実体力がない」

「実体力だと？　なんだ、そいつは」

今度はオルバが聞く。クレイ・ジュダはゆっくりとオルバを見て答えた。

「前に魔法《まほう》を教えてくれた老師《ろうし》から聞いた。人間には、根底《こんてい》に不変のものがある。それを実体と呼ぶのだが……まぁ、つまり人間として確かな手応《てごた》えというのかな、心と体がきちんと一体になった人間からはそういう力がみなぎっているもんだが。心をどこかに置き忘れてきたような場合、その力が薄《うす》まっているように感じるんだ」

「ふむ、何だかわかったようなわかんねーような話だな」

「そうだな。おれも説明していて、これじゃわからないだろうなと思った」

「なんだよ、そりゃ」

オルバがあきれたような声を出すと、クレイ・ジュダは一瞬《いっしゅん》だけ楽しそうに笑った。

「余裕《よゆう》あるわよね、あなたたちは」

皮肉《ひにく》をこめて言ったのは、カーテン裏《うら》での会議を終えてデュアンとともに戻《もど》ってきたアニエスだ。

当然、クレイ・ジュダやランドとは初対面。彼らは、アニエスを見て少し驚《おどろ》いた顔をしていたが、オルバは「やっと来たのかい。あんたのおかげで、こちとら臭《くさ》い飯《めし》まで食わされたんだぜ。あんたはＶＩＰ待遇《たいぐう》だったろうけどさ」と、皮肉で応酬《おうしゅう》した。

「わ、わたしだって、心配してたわよ……」

とはいっても、一瞬ではあったが（けっこう長い一瞬）オルバたちのことを忘れていたわけで。根《ね》が直球のアニエスは口を尖《とが》らせ黙《だま》ってしまった。

彼らがそんな話をしている間にも、リースベックとエドワードを中心に、赤騎士《きし》を迎《むか》え撃《う》つ準備は着々と始まっていた。

出窓部分に弓を持った兵が並び、下に近づく赤騎士たちを上から射《い》かける準備をした。

ただ、あいかわらずの豪雨《ごうう》と横殴《よこなぐ》りの風で、うまく標的《ひょうてき》に当てることができるかどうか不安は残る。大部分が雨に叩《たた》かれ、風に流されると考えたほうがいい。

一方、塔《とう》の入口部分に黒騎士の精鋭《せいえい》部隊を結集させることにした。相手が何人いようが、魔道士《まどうし》であろうが、一歩もなかには入れないというつもりだ。

「わ、わたしは一応避難《いちおうひなん》しておいたほうがいいな……ほら、ミレーネ、あなたも早く来なさい」

エヴスリン王は早くも逃げ出すつもりだ。王妃《おうひ》の手を取り、いそいそと支度《したく》を始めた。

しかし、リースベックが一喝《いっかつ》した。

「王のおまえが真っ先に逃げ出すとはどういうことだ。おとなしくそこに座っておれ」

「し、しかし……あ、あれは物《もの》の怪《け》の仕業《しわざ》ですぞ。それが証拠《しょうこ》に、いくら叩こうが兵がどんどん増える。魔道士《まどうし》も三人に増えたというではありませぬか！」
真っ赤な顔で反論する王に、リースベックは怒鳴《どな》りつけた。
「まだ言うか！」
迫力《はくりょく》に圧《お》され、王は不承不承《ふしょうぶしょう》座りこんでしまった。
このようすを見て、チャールズ王子はチクチクと胸が痛んだ。
今、言うしかないんだろうか。
しかし、そのキッカケがつかめない。
それに、たとえ言ったとして、誰《だれ》が信じてくれるだろう!?
ああ、どうしたらいいんだ？
金髪《きんぱつ》の頭をかきむしった……その時、彼を見ていたアニエスが一歩前に進み出た。
彼女の凛《りん》とした声が室内に響く。
「失礼ながら、まず、チャールズ王子からのお話を聞いていただきたく存じます!!」
その場にいた全員が彼女に注目した。
そして、次には王子が注目を集める。
アニエスは心のなかで叫んだ。
(チャールズ、がんばって。今しかないわよ!!)

8

チャールズ王子は驚《おどろ》いた顔で彼女を見つめた。その時、隣《となり》にいたデュアンも目に入った。

彼が噂《うわさ》の男か……。

すぐにわかった。しかし、あまりにも自分の予想と違っている。

幼い頃《ころ》からの友人である自分より、アニエスが頼《たよ》りにする男なのだから、さぞかし男らしく有能で頼りになる人なんだろうと考えていた。

だから、彼らの横に立っているレベルの高そうな男たちのうちの誰かだろうと勝手《かって》に考えていたのだ。

それが……どうだろう。彼女の横にぴったりと寄《よ》り添《そ》い、心配そうにこっちを見ている彼といったら！

ひょろっとした体型、少女のような顔立ち……。たいして自分と変わりないではないか。

(ん、もう。何してんのよぉ!!)

こっちを見つめたままの王子を見て、アニエスは隣にいたデュアンの腕《うで》を思い切りつねった。

「い、いってぇー!!」

思わず大声を出してしまい、今度はデュアンが注目を集めることに……。

なんだ、なんだ？　と、黒騎士《きし》やリースベックたちが疑問符《ぎもんふ》でいっぱいの顔になる。

「い、いえ、あの……」

デュアンが真っ赤な顔でしどろもどろ、その場をつくろっていると、

「失礼しました。実は、わたしに心当たりがあるのです……」

やっと王子が口を開いた。

一歩前に出て説明を始めようとしたが、やはりあまりの唐突《とうとつ》さに躊躇《ちゅうちょ》してしまう。

正面切って、いきなり魔王《まおう》のせいだと、ここで言って……で、果《は》たして誰《だれ》が本気にしてくれるだろうか。この差《さ》し迫《せま》った状況で。

しかし、言うしかない。

心配そうに見つめるアニエスやデュアンを横目で見て、王子は歯を食いしばった。

「実は……、少し前のことになるのですが、わたしが書庫《しょこ》で読書をしておりました時、おかしな本を見つけたのです……」

王子はできるだけ単刀直入《たんとうちょくにゅう》に説明しようとした。

しかし、いくらどう説明しようが、その内容が荒唐無稽《こうとうむけい》であることには変わりない。アニエスがデュアンにした説明（とはとても言えないが）よりはマシだったが、結局はリースベ

ックたちを唖然《あぜん》とさせるだけだった。

ポカンと口を開け、王子を見ているか。あるいは、なぜこんなことを今言い出すのかと不《ふ》思議《しぎ》そうに顔を見合わせていた。

「その窓から見える中庭に……」

王子は塔《とう》の窓のひとつに駆《か》け寄《よ》り、窓にかかったカーテンを開けた。

しかし、窓の外は真《ま》っ暗《くら》なうえに雨で、何も見えない。それでも王子は必死に言った。

「な、中庭に不思議な犬の像《ぞう》が置かれてあったのです。それは事実であります！　そうでしたよね？　母上！」

急に話題をふられて、ミレーネ王妃《おうひ》は混乱《こんらん》した。

「そ、そうだったような……で、でも、わたくし、よくは存《ぞん》じませんわ」

半分泣きそうな声である。

「よいぞ、よいぞ。そなたが知っているはずがない」

すぐに王妃をいたわるため、彼女のそばに駆け寄ったエヴスリン王だったが、実は彼だけは王子の言動に感動していた。

王子がこんなことを言い出したのは、全《すべ》て自分をかばってのことなのだと解釈したからだ。

もちろん、内心は魔王というのは言い過ぎなんじゃないかと思っていた。物《もの》の怪《け》どまりにしておけばいいものを、と。

「では、このたびのこと、その何とかという……魔王《まおう》とやらの仕業《しわざ》と申すのか？」

やっと我に返り、リースベックが王子に問う。王子はしっかりとうなずいた。

「すぐには信じられないのもわかります。しかし、赤騎士《きし》のこと、魔道士《まどうし》のこと、そして、シュナイダーそっくりの男のことなど。不可解《ふかかい》なことが多すぎませんか？」

「うーむ……」

リースベックが黙《だま》りこんでしまった。

彼は考えこんだのではない。一時でも、王子がずいぶんしっかりしてきた、王よりも頼《たよ》りになるかもしれないと考えたことを思い出していたのだ。

せっかく淡《あわ》い期待をもったというのに、魔王のせいだなどと、おとぎ話のようなことを真《ま》顔《がお》で言い出すとは。よく似た親子だ。

リースベックが深々《ふかぶか》とため息をついた時、

「失礼します」

と、声がかかった。暖かみのある、気持ちの良い声だ。

顔を巡《めぐ》らすと、全身黒ずくめの長身の男が一歩前に出ていた。

「なんじゃ」

「わたくし、クレイ・ジュダ・アンダーソンと申します。後に身分などを明かしますが……」

「いや、よい。用件を聞こう」

「はい。わたくし、魔法《まほう》の心得が少しあるのですが、前に彼と同じような状態になっていた人間を見たことがあります」

再《ふたた》び注目されることとなった、カルロス（と名乗《なの》るシュナイダーそっくりさん）。

「へ？」

という顔で後ずさりする。

その彼の前にツカツカと歩み寄ったクレイ・ジュダは、男を立たせると、その前に立ち、目を閉じて何やら精神統一を始めた。

そして、カッと目を開き、男の鳩尾《みぞおち》あたりに軽く突きを入れた。

「うぐっ」

ゆっくり倒れこむように、男が膝《ひざ》を落とした。

「こ、ここは？　いったい……あれ？　え⁇」

膝をついたままうなだれていた男が顔を上げ、おそるおそるという感じで辺《あた》りを見回し始めた。

「あなたはどなたですか？」

と、問いかけるクレイ・ジュダを男は訝《いぶか》しそうに見た。

「貴様《きさま》こそ、何者だ……。ん、ん？　リースベック様、王様……!?　なぜ？　し、しかし、ここはどこだ？　どうして……わたしは、あ、あれ？」

しきりに頭をかき、自分の汚《よご》れた身なりを見た。

救《すく》いを求めるように、リースベック、エドワード、エヴスリン王、……そして自分を目覚めさせた男、クレイ・ジュダを見た。

「おまえ、名前はなんという？」

今度はリースベックから尋《たず》ねられ、男はポツンとつぶやいた。

「わたしはジュナイダー・デックス……」

と、そこに、階下から駆《か》け上《あ》がってきた黒騎士《きし》のひとりが転《ころ》がりこんできた。

「団長！　敵がこの塔《とう》めがけて結集し始めました。しかも、敵の数が予想よりはるかに多いようです!!」

さっと見交《みか》わすエドワードとリースベック。

「よし、ここはわしに任《まか》せろ。エドワード、指揮《しき》に行け！」

「はっ」

エドワードは敬礼《けいれい》したあと、マントを翻《ひるがえ》して報告にきた黒騎士とともに階下へと去って行こうとする。

それを（今度はシュナイダーと名乗《なの》る）男が止めた。

「待て、エドワード。どういうことなんだ。敵とは？」

エドワードは立ち止まって、シュナイダーを見ると、

「失礼。時間がありませぬゆえ……」

とだけ言って、去って行った。

シュナイダーは元王に詰め寄る。

「リースベック様、説明してください！　わたくしには何が何だか……、しかし、ただごとではないようす。敵に攻めこまれているのなら、わたくしも戦います」

「……ふむ……。これをどう説明すればよいのか。とにかくじゃ。今、オルランドの国家転覆《てんぷく》を狙《ねら》い、王座《おうざ》を狙い攻めこんできた者がおる。やつは、赤い全身鎧《ぜんしんよろい》をつけた騎士たちと雷《かみなり》の呪文《じゅもん》を操《あやつ》る魔道士《まどうし》を従えている」

「な、なんと！　で、何者なんですか？　それは」

「何者だと？」

リースベックは真顔《まがお》で迫《せま》るシュナイダーの鼻先に指を突きつけて言った。

「おまえじゃよ」

「は?」

「シュナイダー・デックスという男じゃ」

ここまで聞いて、彼の頭はショートしてしまったのだろう。しばらくの間、目を見開き口をぱくぱくさせていたが、

「ううう、うあぁ——」

と叫び声をあげ、頭を抱《かか》えてうずくまってしまった。

「おもしれぇー!」

すかさずランドがはやしたてる。

彼は胸の前で手を握《にぎ》りしめ、激《はげ》しく身をくねらせた。

「どうなるんだよぉ、展開《てんかい》が読めません!!」

「牢屋《ろうや》の飯《めし》は食えたもんじゃなかったが、こんなショーを見せてもらえるんじゃ、文句《もんく》も言ってらんねぇな」

オルバも苦笑した。

9

結局、この男がシュナイダーであることは間違いないだろうという結論に達した。

クレイ・ジュダの意見によれば、別の男と一時的に心を入れ替えられたのではないかということだった。ただし、あまり強力な魔法《まほう》ではないから（クレイ・ジュダでも簡単《かんたん》に解《と》くことができたことから）後遺症《こういしょう》なども心配はないだろうということ。

しかし、シュナイダーとしては、だからといって安心する気にはなれなかった。いや、むしろ、現在の状況がわかってくるにつれて、腹が立ってならなかった。

自分のふりをしている何者かがいて、そいつが王に向かって剣《けん》を抜いているのだと知ったのだから。

「どういう事情になっているのか、それはわかりません。しかし、わたくしの名を騙《かた》って、王様を脅《おびや》かすとは言語道断《ごんごどうだん》。こうなったら、命をかけても王様をお守りいたします！」

打って変わって、忠誠《ちゅうせい》を誓《ちか》うシュナイダーに、王も他《ほか》の人々も唖然《あぜん》としていた。

あれほど小競《こぜ》り合《あ》いをしていた同士《どうし》なのに、いったいどういう心境の変化なのか。

「シュナイダー……」

エヴスリン王の胸にぐんぐんと何か熱いものがこみあげてきた。

小さい頃《ころ》は幼なじみとして、よく遊んだ仲だったというのに、最近はどうもギスギスして友達とはとても呼べなくなっていた。自分も意地《いじ》になっていた。

会えば素直になれず、皮肉《ひにく》ばかりを言ってしまう。その結果、シュナイダーの反発を買い、彼に憎《にく》らしいことを言わせてしまう。言われればまた相手をへこましてやれと思ってしまう。意地悪《いじわる》もしてしまう。……その繰《く》り返《かえ》し。

しかし、そのことは決して本意ではなく、本当はずいぶんと寂《さび》しい思いをしていたのだ。

幼い頃《ころ》、二人して城のなかを走り回ったことが、つい昨日《きのう》のことのように浮かんでくる。

王は、シュナイダーの手を取った。

「シュナイダー、今までずいぶんと意地悪をしてしまったな。悪かった……」

シュナイダーも胸がいっぱいになった。

彼は彼で、今になって思うと、自分の行動がずいぶん大人《おとな》げないものだったと反省していた。

王たる者、ストレスにさいなまれ、辛《つら》いはずだ。他国の脅威《きょうい》、内政のこと、……。国家を守らねばならぬ重圧とは、大変なものだろう。常に公人《こうじん》として注目されているというのも、きっと疲《つか》れるはず。

当然、近しい人間にはそのストレスのはけ口として、八つ当たりもしたくなる。

もっとも親しかったはずのわたしに当たったというだけではないか。それをまともにとらえて、腐《くさ》りきっていた……。

小さい頃は、シューちゃんエヴちゃんと呼び合う仲だったではないか！

「いえ、わたくしこそ大人げない対応《たいおう》をしてまいりました。お許しください」

「シューちゃん！」

「エ、エヴちゃん！」

二人、手に手を取って抱き合う。

「わたしは、おまえが王の座を狙《ねら》っているものとばかり思って……」

「そんな！　大それたことを……。わたくしはただ大人げなく反発していただけで」

「なんだ、それならそうと言ってくれればいいものを！」

「王様こそ、正面切って文句《もんく》を言ってくだされればよかったのに」

まるで年頃のかしましい女たちのように、二人は肩《かた》や手を叩《たた》き合い、涙ながらに笑い合った。

それを見ている他《ほか》の者全員、何とも複雑《ふくざつ》な表情で苦笑《にがわら》いを浮かべていた。

オルバがため息をつく。

「なんともなぁ……」

「おっもしれー！　おもしろすぎるぜ！」

オルバの腕《うで》にすがって笑いをこらえ、肩をふるわせているのはランドだ。目には涙まで浮かべ、それを指でぬぐっている。

彼らの横にいたクレイ・ジュダは頃合《ころあ》いを見計らい、王の前に進み出て、隣国《りんごく》ガナウのタイラス王からの手紙を差し出した。

「な、なに？　なんだ、これは？」

「この手紙をオルランドの国王、エヴスリン王へ手渡《てわた》すようにと、ガナウ国のタイラス王から言付《ことづ》かりました」

「ふむ……」

手紙を受け取り、早速《さっそく》中身を見る。

見る見る顔色が変わっていく。眉間《みけん》に皺《しわ》を寄せ、ぐいと無言でシュナイダーに渡した。

中身を見るなり、シュナイダーも顔色を変えた。

「な、な、なんです、これは!!　でたらめにもほどがある」

「シュナイダー、おまえが国家転覆《てんぷく》を謀《はか》る、その全貌《ぜんぼう》とやらが記《しる》されているであろう？　それも事細《ことこま》かに」

リースベックが口をはさんだ。

「天地神明《しんめい》に誓《ちか》って、このようなこと覚えがありません。身の潔白《けっぱく》を証明するためになら何でもいたしましょう」

真っ赤な顔でシュナイダーが言う。

それを苦笑しながらリースベックが押しとどめる。

「いやいや。わしはおまえさんがこんな大それたことを考え、秘密裏《ひみつり》に事を進めているなんぞと思ったことはないよ。まぁ、二人、仲が悪かったからな。そのことは気にかけておったが。それより気になったのは、タイラス王のことじゃ。彼は、おまえさんら二人が仲違《なかたが》いしているのを知って、それを利用しようと計画したんじゃ。もう一通、手紙があるはずでの。そっちには、王がシュナイダーの地位を失墜《しっつい》させるべく、陰謀《いんぼう》を巡《めぐ》らせておるという報告が、これまたご丁寧《ていねい》に書かれてあるはずじゃ」

……と、ランドがヒョイと前に出た。

「これだろ」

もう一人の使者《ししゃ》が持っていた手紙を差し出した。

少し驚《おどろ》いた顔をしたリースベックだが、無言でその手紙を受け取った。

中身も見ずに、王に渡《わた》す。

同じく内容を読み、再度《さいど》顔色を変える王とシュナイダー。

「な、なんだ、これは！　でたらめだ。でたらめすぎる！」

「タイラスめ、なんと卑劣《ひれつ》なことを……」

「まったく。一国の王として恥《は》ずかしくないのか」

「本当でございます!!」

二人、またまた手に手を取って、大いに憤慨《ふんがい》した。

そのようすを見ていたリースベックは、大げさにため息をついた。

「おまえたちにタイラスの悪口を言う資格はないぞ。なぜこんなことを計画されたのか、よくよく考えてみるがいい」

途端《とたん》、しゅんとしてしまう二人。

「それより、ともかく今の事態《じたい》をどうするかじゃ」

リースベックが言うと、チャールズ王子が進み出た。

「おじいさま、魔王《まおう》のせいかもしれないと、万が一でもお考えなら、ぜひわたしにチャンスをください。できるだけ急いで調べてみます。魔王の弱点を。……いや、一度は封印《ふういん》できたのです。もう一度封印してしまうことも可能なはず」

リースベックは、王子を見て考えた。

このような面妖《めんよう》なことが相次ぐということは……もしや、王子の言うこともまんざらでたらめではないかもしれない。

魔王……というのはさすがに信じられないが、それでも、人ならぬものが悪さをしている可能性はあるな。

「わかった。考えられることは全《すべ》て手を打たねばな。しかし、いったいどうやって調べるつもりなのか？」

「はい。やはりその謎《なぞ》の犬というのが気になります。それから、例の文書も調べ直したほうがいいかもしれません。暗号《あんごう》なら解《と》く必要がありますし。幸い、アニエスも協力してくれると言っています」

急に自分の名前が聞こえたので、アニエスはヒックとしゃっくりをしてしまった。

そのようすを見て、リースベックがうなずく。

「ふむ。よし、では例の避難経路《ひなんけいろ》から、いったん出るといい。シュナイダー、王と王妃《おうひ》も連《つ》れて第二の避難部屋へ行ってくれ。しかし、チャールズ、くれぐれも慎重《しんちょう》に行動するのじゃぞ。護衛《ごえい》も連れていけ。わかったな」

「わかりました」

王子が頭を下げると、リースベックは少しだけ厳《きび》しい表情を和《やわ》らげた。孫がかわいくてしかたないというジジバカの顔だ。

「しかし、護衛といってもなぁ……そうじゃ。そこにいる男たち。おまえさんがた、ここまでつきあったんじゃ。もう少しつきあってくれてもいいじゃろう」

彼は壁《かべ》にもたれたままのオルバ、ランド、クレイ・ジュダらに言った。

「わしの目に狂《くる》いがないとすれば、かなりの使い手ばかりと見た。むろん、報酬《ほうしゅう》は出そう。どうじゃ？　悪い話ではないと思うが」

たしかに、誰《だれ》も断る理由がない。

特にオルバとデュアンはもともとアニエスから頼《たの》まれていたわけだし、ここで帰るというわけには絶対にいかないだろう。

ランドもそう。悪い話ではない。というより、金がない彼にとっては願ってもない話だった。

ひとりだけ、別に強《し》いて引き受ける理由のない男がいたが、彼は人に頼まれて、嫌《いや》と言った試《ため》しがほとんどない。

結局全員が快諾《かいだく》し、王子らの護衛をすることになった。

そうそう。デュアンだが、彼だけ何となく蚊帳《かや》の外という感じだった。リースベックの眼《がん》中《ちゅう》にもなかったし、王子もなぜか彼を見ない。

アニエスとはしきりに話をしているというのに、彼女のすぐ横にいるデュアンとは目を合わせようともしないのだ。

見かねたアニエスが、

「あのね、この人がデュアンっていって、さっき話した人なのよ」

と、紹介《しょうかい》しても、

「あ、そう」

と、まるで気乗《きの》りのしない返事。

アニエスもデュアンと顔を見合わせ、首を傾《かし》げる。

全員が用意をすませ、ぞろぞろと秘密《ひみつ》の通路へ向かった。それは、壇上《だんじょう》の王座《おうざ》の下にあった。狭《せま》い螺旋階段《らせんかいだん》になっており、別の隠《かく》し部屋《べや》へとつながっているようだった。

「まぁ、でも……そりゃぼくも一緒《いっしょ》に行くんだろうなぁ」

小さな声で言うと、肩《かた》につかまっていたチェックがデュアンの頭をペシッと叩《たた》いた。

「あったりまえだ、ぎーっす！」

STAGE 6

1

狭《せま》い狭い螺《ら》旋《せん》階《かい》段《だん》を下りる。

ぐるぐるぐる……デュアンはだんだん気分が悪くなってきた。

それは、アニエスも同じこと。まして日《ひ》頃《ごろ》鍛《きた》えていない王子など、何度も座りこみそうになった。

三階分の螺旋階段を下りていくというのは、思ったよりも骨が折れることなのだ。

王や王妃《おうひ》が文句《もんく》を言わないはずもなく、階段を五段下りては文句を言い、さらに五段下りては癇《かん》癪《しゃく》を起こすという有様《ありさま》。

でも、シュナイダーたちがうまく励《はげ》ましているらしく、何とか進んでいった。

さすがにオルバ他《ほか》二名、冒険者《ぼうけんしゃ》レベルの高い面々《めんめん》は顔色ひとつ変えていない。

「とっとと早く下りろ！」

前を行くデュアンの背中をどつくオルバ。

「ひぇー、やめてくれよ。そうじゃなくたって、足、踏《ふ》み外《はず》しそうなんだから」

「ちっ、情けない。日頃《ひごろ》の鍛錬《たんれん》が足りないからそうなるんだ」

「そうだ。デュアン、がんばれ！　ぎーっす」

ぶつくさ文句《もんく》を言われながら、ついでにチェックに励《はげ》まされながらも、何とか下りきった……一階についたはずだ！　と、思ったが甘《あま》かった。

「ふぇー、階段まだあるのぉー？」

さらに地下へ行く階段があったのだ。今度は螺旋階段《らせんかいだん》ではなく、一段一段がやたらと高く、またステップの部分が狭《せま》い……つまり非常に上り下りがしにくい階段だった。

そこをやっと下りきると、今度は通路に出た。かがんで歩かねばならないほど天井《てんじょう》が低い。人が二人並んで歩ける（這《は》って？）幅がある。先頭は黒騎士《きし》たち、そのあとをシュナイダー、王と王妃《おうひ》、アニエスと王子、そしてオルバとデュアン、ランドとクレイ・ジュダ……という順番で入っていった。

通路はまっすぐ続いているようだったが、灯《あか》りもなく漆黒《しっこく》の闇《やみ》。ここにひとりで入っていくとしたら、かなり勇気《ゆうき》がいるだろう。

先頭の黒騎士が灯りを持っているらしいが、後ろのデュアンたちのところまでは光が届《とど》かなかった。ほんのりとは見えるが、ほぼ暗《くら》がりと言っていい。

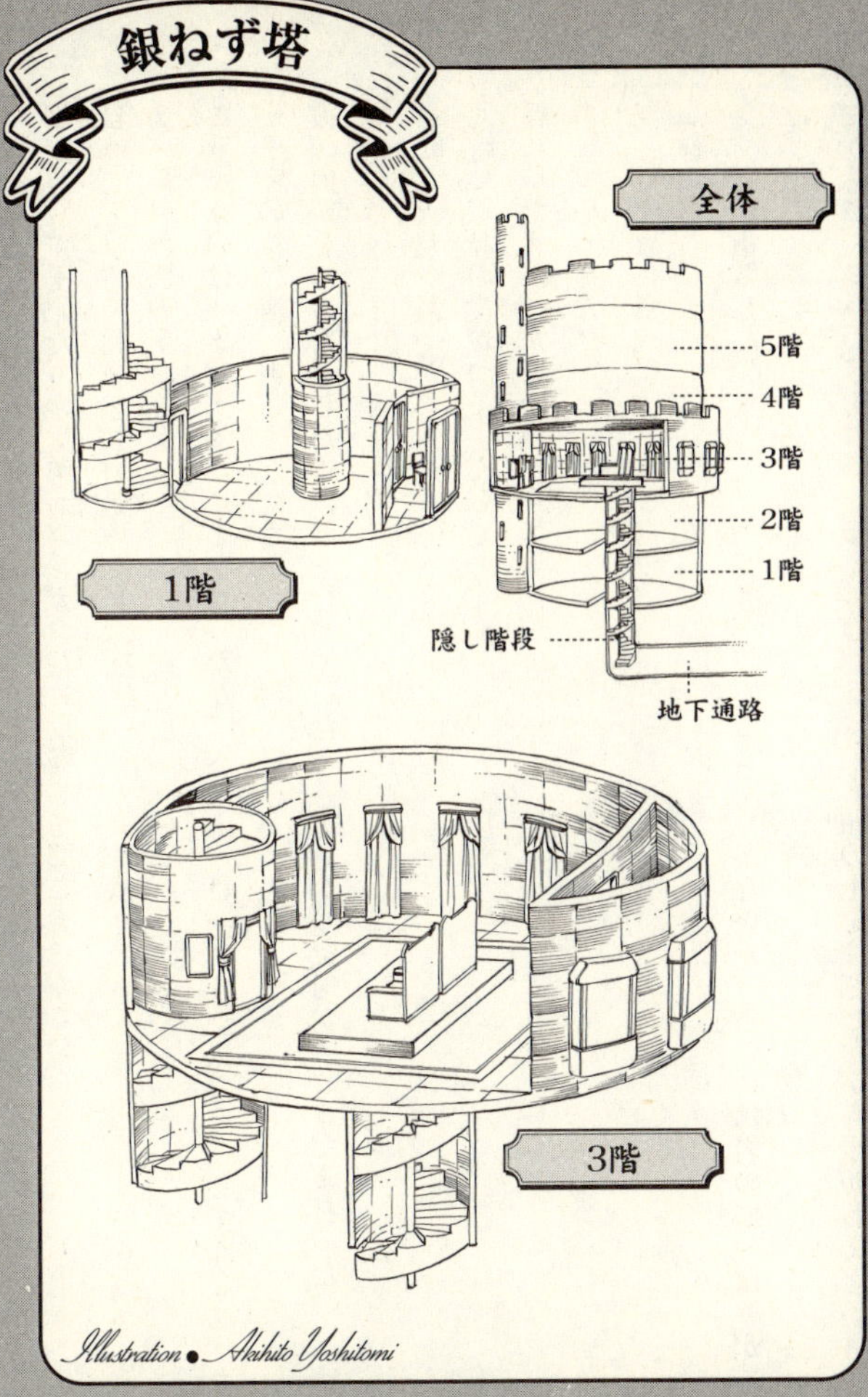
銀ねず塔
全体
5階
4階
3階
2階
1階
隠し階段
地下通路
1階
3階
Illustration ● Akihito Yoshitomi

相変《あいか》わらず王妃《おうひ》たちの文句《もんく》がガンガン壁《かべ》に反響して聞こえてくる。

「ほう、どうやら秘密《ひみつ》の抜け道らしいな」

ランドが楽しそうに言う。

「こういうのは、まだ入ったことなかったな。へぇー、けっこう立派《りっぱ》な造《つく》りしてんなぁ。さすが王家の抜け道。あ、そうだ……」

彼が何かを言おうとした時、前を行っていたデュアンが頭を何かでしこたま打った。

「いっつぅ————!!!」

目から火花が散った。

同時に、鼻の奥がつ——んとくる。

横にいたオルバが眉《まゆ》をひそめて見た。

「あに、やってんだか」

「ら、らって……そこに、く、くぅぅ……」

「これか」

ランドが指さした先……といっても、暗《くら》くてよく見えないが、そこには岩のでっぱりがあった。

「だからさ。こういうところを歩く時はだな。前と頭の上を注意しながら歩かねえといけねえーんだぜって、今そう言おうと思ったのに。運が悪かったな。気《き》の毒《どく》に。けっけっけ」

ランドはそう言いつつ、まったく気の毒そうにはしていなかった。

デュアンは恥《は》ずかしさに唇《くちびる》を噛《か》みしめた。

それくらい冒険《ぼうけん》の基本中の基本。自分だってよーくわかってたはずなのに。

ついこの前のレッドドラゴンのダンジョンの時だって、ちゃんと気をつけて歩いたんだ。

なのになぁー！

たしかに、最近少し……いやかなりついてないのかもしれない。

ふぅーっと大きくため息をついていると、後ろからポンポンと肩《かた》を叩《たた》かれた。

振り返ると、クレイ・ジュダだった。

「だいじょうぶか？」

そう聞かれて、デュアンは再《ふたた》び真っ赤になった。

幸い、真《ま》っ暗《くら》だから誰《だれ》にも気づかれる心配はなかった。

「す、すみません、手間《てま》取らせて」

素直に頭を下げると、オルバを追いかけた。

「おい、頭に注意しろ！」

背中にランドの声が飛んできた。

おっと、そうだそうだ。また同じとこ、打ったりしたら目も当てられないっていうか、恥《は》ずかしすぎて、こんなところいたくない。その場に穴掘《あなほ》ってどこかに逃げ出す！

するとと、またポンポンと肩《かた》を叩《たた》かれた。

「はい！」

クレイ・ジュダかと思って、かしこまって返事をしたのだが、チェックだった……。

「気にするな、ギーッス」

ううう、おれ、どうかしてる。

チェックとあの人の手と間違うなんて。

デュアンはさらにがっくりと肩を落とした。

十分過ぎるほど注意しながら、慎重《しんちょう》に歩くと、やがて通路は十字路に出た。

だが、そこは曲がらない。

さらに先にも十字路があった。

今度は右に曲がった。

曲がった先にも十字路が……。

「すごい。このダンジョン、碁盤《ごばん》の目になってる！」

デュアンが感心すると、

「万が一敵に追いかけられても、この碁盤じゃ迷《まよ》うだろ？」

後ろからランドが言った。

「なるほど。反対に、こっちはどこで曲がればいいか覚えてればいい話だから、楽ですよね。初めてだって、曲がり方さえ知ってれば行けるし」

デュアンがそう言うと、ランドは「ほう」とデュアンの後ろ頭を見た。

「小僧《こぞう》、ドジなだけかと思ったが、頭はいいようだな」

デュアンは自然と頬《ほお》がにまにましてくるのを感じた。

いいところを少しも見せていないだけに、そう言ってもらえたのは心底《しんそこ》ありがたかった。

地に落ちていた自分のプライドに少しだけ光明《こうみよう》が見えた思いだ……というと大げさか。

しかし、オルバの一言で再《ふたた》びぺしゃんこにつぶれてしまった。

「ふん、こいつからそれ取ったら何も残らねぇからな。あとは、きれいな面《つら》だけだったりして」

「……そ、そこまで……」

デュアンが反論するよりまえに、今まで黙《だま》って前を進んでいたアニエスの声が聞こえてきた。

「オルバ、そこまで言うことはないでしょ？　言い過ぎよ！」

う、うぐ。

かばってくれるのはうれしかったが、しかしなぁ……。

このシチュエーションで、女の子にかばってもらうのはちょっとかっこ悪すぎる。

デュアンとしては苦笑するしかないわけで。

すると、ポンポンとまたまた肩《かた》を叩《たた》かれた。

見ると、今度はランドのほう。

「ほら、とっとと進めよ。あとがつっかえてんだから！」

「あ、すみません！」

謝りながら、こりゃオルバがふたりになったようだな、とデュアンは思った。

2

いくつかの角を曲がると、上り階段があった。

その上に、ドアが見えた。

ドアを開けて部屋のなかに入ると、今までとは打って変わって、座り心地の良さそうなソファーや豪華《ごうか》な調度品《ちょうどひん》の置かれた、少し広い部屋に出た。

奥にはドアが二つあり、まだ他《ほか》にも部屋があるようだった。

早速《さっそく》ソファーにふんぞり返ったエヴスリン王。

「はぁー、まったく。どうなることかと思ったぞ」

シュナイダーは頭を下げ、

「まことに申《もう》し訳《わけ》ございません。この騒《さわ》ぎが解決しましたら、早速にでももっと快適《かいてき》に移動できるよう、造《つく》り替《か》えることといたしましょう」

と、言った。

王はその一言で大満足という笑《え》みを浮かべて、王妃《おうひ》を見た。

王妃はその隣《となり》に座り、絹《きぬ》のハンカチで小鼻を押さえながら言った。

「ともかく、早く解決していただきたいですわ。早く寝《ね》ないと、お肌《はだ》に悪うございますもの」

アニエスは、王妃を見てムカムカと腹が立っていた。

肌に悪いも何も。

死ぬかもしれないっていう時に……。

生まれた時から人にかしずかれ、浮世《うきよ》離《ばな》れした暮《く》らしをしてきた人間って、今自分が置かれている状況とかっていうものが判断できなくなっちゃうものなのかしら。

自分も王族《おうぞく》のひとりである。

もしかしたら、自分はしっかりしているつもりでも、他《ほか》の人たちから見たら、けっこう甘《あま》い……現実離れした行動をとっているように見えてるのかもしれない。

アニエスは王妃《おうひ》に腹を立ててもしかたないことに気づき、深々《ふかぶか》とため息をついた。

「どうしたの？」

そんなアニエスに、チャールズ王子が心配そうに声をかけた。

「あ、ううん。ちょっと疲《つか》れただけ。それより、早く行きましょ。時間がないわ」

「そうだね……」

チャールズはちらっとデュアンたちを見た。

彼らは、チャールズたちとは少し離れた場所に立っていた。

チャールズがこっちを見ているのに気づいたデュアンが、「？」と、笑顔で返した。

チャールズはあわててそっぽを向く。

そのようすを見て、アニエスは首を傾《かし》げた。

「ねぇ、どうしたっていうの？　デュアンはわたしの仲間よ。何か気に入らないこと、あるの？」

「う、ううん……そうじゃないよ。ちょっと人見知りしてるだけだ。ぼく、君と違って、そんなに器用《きよう》に知らない人と親しくはなれないからさ」

「え⁇」

アニエスは、何ですって？　という言葉をぐっと我慢《がまん》した。それにしても、なんていう皮肉《ひにく》っぽい言い方だ。いや、皮肉そのもの。チャールズにしては珍《めずら》しい。

しかし、彼も自分の言ったことにびっくりしていた。

「あ、ご、ごめん！　そ、そんなつもりで言ったんじゃないんだ。とにかく、別に何ともないからさ。気にしないで」

「まぁ、今はそんなことといろいろ言ってる場合じゃないから、いいけど……」

釈然《しゃくぜん》としないものはあったが、アニエスは頬《ほお》をふくらませ、我慢することにした。

そうだ、それよりも魔王《まおう》のほうが先！

ツカツカとデュアンたちのほうに歩み寄り、

「早速《さっそく》出発したいんだ……」

と、言いかけ、口をつぐんだ。

そこにいた全員がアニエスに注目したからだ。特に、クレイ・ジュダ。彼に向かって、まさか友達に言うようには言えない。

すると、クレイ・ジュダは何とも優《やさ》しげな目で彼女を見つめた。

アニエスの心臓は一気《いっき》に速度を倍に速めた。

な、なんなの？

やだ、わたし。

心臓のあたりを手で押さえ、不思議《ふしぎ》そうにしているみんなを見回す。そして、ゆっくりと深呼吸してから言い直した。

「時間がないので、早速《さっそく》出発したいんですけど……」

目はクレイ・ジュダのほうに向けられていたので、彼が代表して答えた。

「もちろん。いつでもいいですよ」

そう言って、にっこりと微笑《ほほえ》む。

アニエスもつられて、同じように微笑んだ。

たったそれだけで、緊張《きんちょう》しきっていた全《すべ》ての筋肉がふんわりと少し緩《ゆる》んだような気がした。

もう心臓のほうも普通に戻《もど》っていた。

はは、そうだよね。

今、非常時だから、わたしもチャールズも頭に血が上っちゃって、普通じゃなくなってるんだ。

落ち着こう。

こういう時は落ち着くに限る。

「そんで？　まずはどこに行けばいいんだい？」

クレイ・ジュダの隣《となり》に立っていたランドが聞くと、アニエスはチャールズを振り返って見た。

「あの本があるところよね？　チャールズ」

「あ、ああ……そうだね。まず、あの本をもう一度見直す必要があると思うんだ」

チャールズは小さな声で答えた。

「その本はどこにあるんだ？　今」

「ぼくの部屋にある」

「了解《りようかい》」

さて、出発するかという時、オルバが言った。

「何でもいいけどさ。おれたち、この格好《かっこう》で戦う気はねぇぜ。武器もねぇーんだし」

オルバとデュアンは武器も防具《ぼうぐ》も取られたままだった。

「それなら、ここにある。これを貸そう」

そう言ったのは、シュナイダーだった。

いつのまに着替《きが》えたのか、さっきまでのうす汚《よご》れた服ではなく、豪華《ごうか》にレースのついた服の上に真新しく銀色に光るプレートアーマーをつけていた。ヘルメットのてっぺんには派手《はで》な房飾《ふさかざ》りまである。

「これは、王家のアーマーである。特別に貸そう」

王が得意気《とくいげ》に言った。

それを聞き、オルバは思いっきり顔をしかめた。

「げ、なんつう派手《はで》なアーマーなんだ？　銀に金の飾り模様《もよう》？　勘弁《かんべん》してくれよぉ」

「しかたないじゃない。今はおれたちのアイテムを探している暇《ひま》なんかないんだからね。ほら、時間ないんだから、さっさと借りようよ」

デュアンはそう言って、オルバを引っ張って行った。チェックも微力《びりょく》ながら一緒《いっしょ》に引っ張っている。

「やれやれ……」

オルバはひとりと一匹に引っ張られながら、天井《てんじょう》を見上げ、ため息をついた。

3

銀色のプレートアーマーに、そろいのシールドとロングソード。

カチャカチャと金属音をたてながらオルバが歩くと、アニエスやランドがくすくすと笑った。

「似合《にあ》うぜ、旦那《だんな》。きっと目が眩《くら》んで、敵も近づいてこねぇよ」

ランドの毒舌《どくぜつ》に、オルバはふんと鼻を鳴らした。

例のフルフェースのヘルメットまで貸そうと言われたが、オルバは丁重《ていちょう》に断《ことわ》った。デュアンもそうだ。

だいたいサイズが大きすぎて動きにくいったらない。その上、重いのなんの。

何せ、まずチェインメイルのついた下着（これもかなり重い）をつけ、その上からブーツ、膝《ひざ》あて、股《また》あて、首あて、胸あて、肩《かた》あて……をつけるのだ。

デュアンは前に、本格的なプレートアーマーの総重量が四十キロから六十キロくらいはあるのだというのを聞いたことがある。それを思い出し、げんなりした。

六十キロといえば、大人《おとな》ひとり分の体重あるじゃないか。

デュアンの頭に、オルバをおぶってへたりこみそうになっている自分の姿が浮かんできた。

ま、さすがにオルバほどの重量はなさそうだったが。

くぅう……動きにくそうだなぁ。

ところが、デュアンは試《ため》しに歩いてみようとして驚《おどろ》いた。動きにくいも、なにも。

「う、うう…、あ、あれ?? え？ そ、そんな……」

なんということだ。

なんと一歩も歩き出せないではないか。

うそだろ⁇

しかし、残念ながらそれは紛《まぎ》れもない事実だった。

「何やってんだよ。着てみると、けっこう重いだろ？」

そう言うオルバは平気な顔をしてガチャガチャと動き回り、ロングソードの点検《てんけん》をしていた。

「あ、あのさー、やっぱりおれ、着ないほうがいいみたいで……」

まさか動けないとは言えないから、普通の態度を装《よそお》って言ってみた。

しかし、オルバは意地悪《いじわる》そうに言った。

「まさかおめぇ、動けないって言うんじゃねぇだろうな？」

「え？　いや、それはだね…えーと」

「ふん、じゃあ、こっちまで歩いてきてみろや」

げげ!!

みんなが見ている前だから、顔から火が噴《ふ》き出《だ》すほどに恥《は》ずかしい。

アーマーをしきりに点検していたチェックまでが、軽蔑《けいべつ》しきった目で見ている。

ううう、ここでそんなこと言わなくたって……。

オルバを恨《うら》みがましく睨《にら》んでいると、

「何も全部つける必要はないよ。まず膝《ひざ》あてと股《また》あてを取って……」

見かねたのか、クレイ・ジュダがデュアンの前に立ち、軽装備にする手伝いを始めた。

「す、すみません」

「いいよ、別に。こういうの、慣《な》れないと無理《むり》だからさ。おれも嫌《きら》いだし」

「あ、そうですか」

そういえば、この人、すごい軽装備だな。

デュアンは装備の手伝いをしてもらいながら、クレイ・ジュダのアーマー類を見ていた。

黒いアーマーなのだが、材質が何かよくわからない。

でも、何か特殊な魔法《まほう》とかで強化されていそうだった。

「さてと。これでいいんじゃないか？」

ブーツと胸あてと肩《かた》あてだけをチェインメイルつきの下着の上につける。

うん、これなら動ける！

デュアンはやれやれと胸をなで下ろした。

その後、ロングソードを貸そうと言われたが、丁重《ていちょう》に断《ことわ》り、小振《こぶ》りのショートソードを貸してもらうことにしたのだった。

細い通路の先にあった隠《かく》し扉《とびら》を押し、隠し部屋から脱出《だっしゅつ》した一行。

そこは、ちょうど王の間の前の廊下《ろうか》に位置していた。廊下の一方に部屋が並び、一方は高い手すりがついており、その下は大広間になっている。

といっても、ただの大広間ではない。

さすがに王の間に通じる場所だけあって、その規模は他を圧倒《あっとう》している。広いだけではなく、天井《てんじょう》までの高さが普通の家の五階分くらいはあった。三、四人の大人《おとな》が手をつないでちょうどというような巨大な円柱が、ドンドンと均一の間隔《かんかく》で立ち並んでいる。

その大広間へは、二つの階段で下りることができた。

ひとつは、デュアンたちが現在いる場所の近くにある堂々たる大階段。石造《いしづく》りの手すりがついており、その手すりには魔《ま》よけの彫像《ちょうぞう》がレリーフされていた。

そして、もうひとつは廊下の突きあたりにあった。くねくねと曲がりくねった石階段である。

また、この大広間の壁《かべ》には、小さな窓が並び、ときおり稲光《いなびかり》で激《はげ》しく光っていた。

雨は、まだまだ勢いを弱めてはいないようだった。

「こんなところに出るのね」

大広間

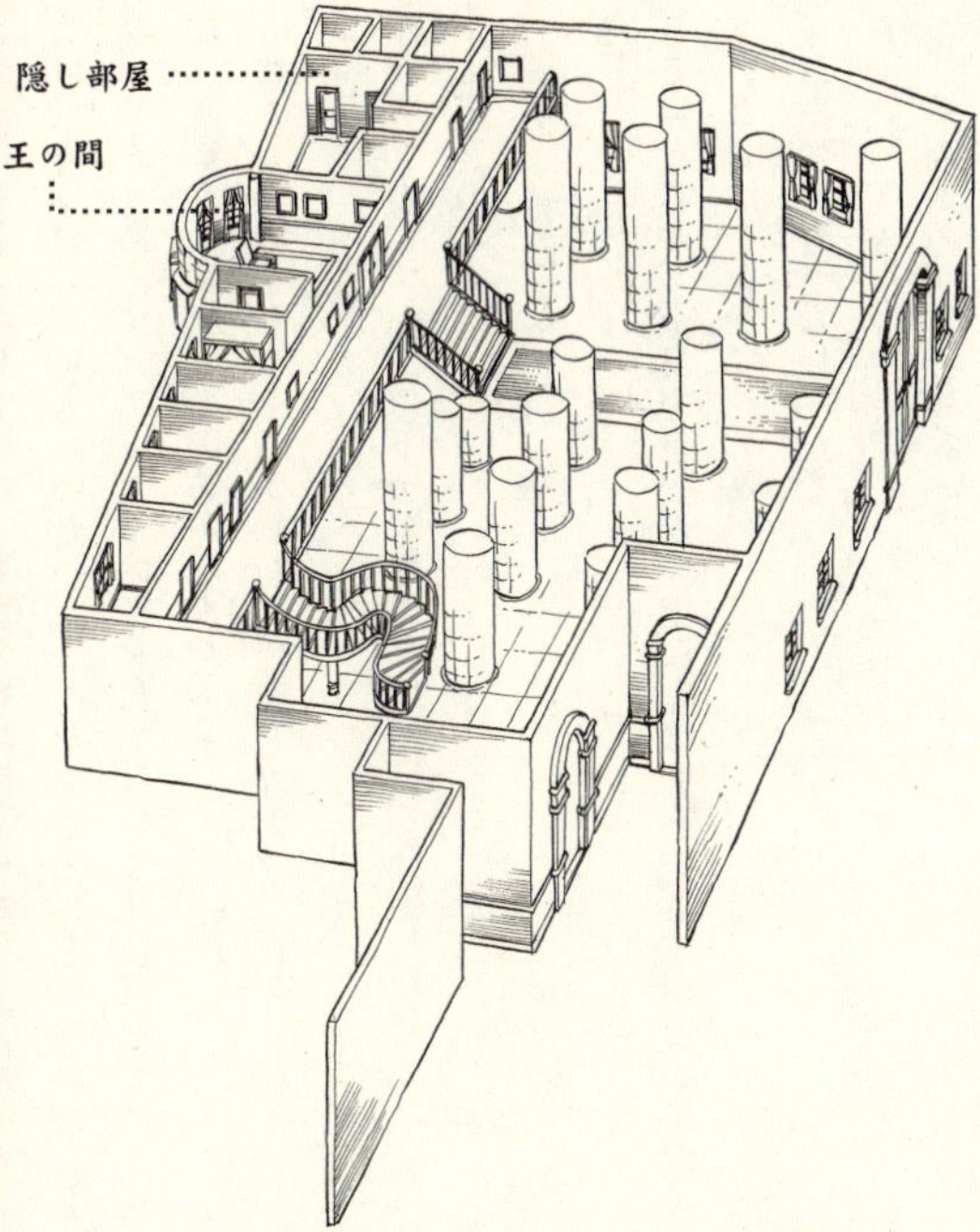

Illustration ● Akihito Yoshitomi

アニエスは感心して、辺《あた》りを見回していた。彼女の息が白く見えた。

しかし、デュアンは、そう言われてもいったい『こんなところ』というのが『どんなところ』なのかわからない。とりあえず、アーマーの音をたてないように気をつけて立っていた。

チャールズの部屋っていうのはどっちの方角なんだろう。

……と、いきなり後ろから肩《かた》をトンと叩《たた》かれた。いや、カチッと音がした。

振り返ると、クレイ・ジュダだった。

彼は、くいっと顎《あご》を突き出し、廊下《ろうか》の下を見るようにと目で合図《あいず》した。

と、次の瞬間《しゅんかん》、あわてて首を引っこめた。

他《ほか》のみんなもそ——っとのぞく。

いるいるいるいる！

ここからだと小さく見えるが、全身を包む真っ赤な鎧《よろい》は間違いようがない。例の赤騎士《きし》たちがうろうろとしているではないか。

やっぱり王の部屋は監視《かんし》を外《はず》さないんだな。

デュアンは思った。

同時に、大あわてでチェックの口をふさいだ。

「……○×！　……○×!!」

間一髪《かんいっぱつ》だった。ここで、こいつに騒《さわ》がれたらどうしようもない。

横で、チャールズが「どうしよう!」という顔でアニエスを見ていた。アニエスには彼が何を言おうとしているのかわかっていた。あの赤騎士たちがいるところを突破しなければ、王子の部屋には行けないのだ。

ふたりのようすを見て、クレイ・ジュダが赤騎士たちのいる方向を見て小声で言った。

「あなたの部屋は……?」

チャールズはこっくりうなずく。

それを見て、クレイ・ジュダはランドに何か耳打ちをした。

ランドは了解《りょうかい》! というように指を立て、大階段を音もなく走り下りていった。

「やつらは我々が引きつけておきます。その間に行ってください」

クレイ・ジュダに言われ、チャールズは目を見開いた。そして、デュアンたちを振り返った。

デュアンとオルバが派手《はで》な鎧をつけてこっちを見ている。

チャールズは必死に首を横に振り、クレイ・ジュダの腕《うで》をぎゅっとつかんだ。

「??」

クレイ・ジュダが不思議《ふしぎ》そうにチャールズを見る。

「だ、だめだよ。君が来てくれなきゃ。おじいさまがそう言ってたじゃないか!」

「…………」

クレイ・ジュダは泣きそうな顔のチャールズを優《やさ》しく見つめた。

そして、小さくうなずいた。

「わかりました。では……オルバだったっけ？」

急に呼ばれ、オルバが「へ？」というように自分の顔を指さした。

「そうだ。悪いが、ランドと一緒《いっしょ》にあいつらを引きつけてくれないか。おれはチャールズ王子たちを護衛《ごえい》する」

オルバは「ふぅーん」という顔で、クレイ・ジュダとチャールズを見た。思わず、チャールズがクレイ・ジュダの腕《うで》をぎゅっとつかむ。

しかし、すぐにオルバは片方の眉《まゆ》を上げ、

「了解《りょうかい》。いいっすよ。んじゃ、デュアン、ドジ踏《ふ》むなよ！」

と、言ってランドのあとを追いかけて行った。

「では、行きましょう」

クレイ・ジュダに言われ、王子はこっくりとうなずいた。

アニエスとデュアンはすでに突きあたりの石階段のほうに歩き出していた。

「アニエス！」

チャールズはアニエスのほうへと駆《か》け寄《よ》った。その声が少し大きかったので、デュアンがシッと指を唇《くちびる》の前に立てた。

「気づかれると困りますからね」

すると、チャールズはムッとした顔で、

「そんなこと、君に言われなくたってわかってるよ！」

と、返した。

今度はデュアンがムッとする番だ。

なんだよ、かわいくないなー。妙《みょう》につっかかっちゃってさ。わかってんなら、静かにしてくれってんだ。

「デュアン、遅《おく》れてるぞ。ぎぃーっす」

チェックに言われ、デュアンは急いで彼らのあとを追った。

しばらくして、大階段の下で大騒《おおさわ》ぎが始まった。

「やつら、暴《あば》れ始めたようだな……。では、行きますよ」

クレイ・ジュダにうながされ、デュアン、チャールズ、アニエスの三人はくねくねした石階段を駆け下りた。

自分の部屋へは、広間の右奥の廊下《ろうか》から行けるのだと王子が教えた。

大きな円柱の陰《かげ》に身を隠《かく》しながら、広間を横切っていく一行。

走りながら、デュアンはちらっと見た。広間の大階段付近でランドとオルバがたくさんの赤騎士《きし》相手に戦っていた。

「彼ら、ふたりでだいじょうぶなのかな」

デュアンが言うと、その頭をチェックが小さい手でポカッと殴《なぐ》った。

「人の心配する暇《ひま》があるかー、ボケ！　アホ！」

たしかにそうである。そうではあるが、チェックに言われると無性《むしょう》に腹が立つデュアンであった。

無事、広間を抜けて、一階の廊下《ろうか》に出る。

壁《かべ》には松明《たいまつ》が灯《とも》されていたが、それでも暗《くら》い。先頭をクレイ・ジュダが、しんがりをデュアンが走る。その間に挟《はさ》まれ、チャールズとアニエスも走る。

走る、走る、走る。

「その二番目の角を曲がったら階段があるから、そこを上ればぼくの部屋に通じる通路がある！」

何度か廊下の角を曲がり、階段を上ったり下りたりした後、チャールズが叫んだ。

こんな複雑怪奇《ふくざつかいき》な城のなか、住人であるチャールズがいなければ、たちまち迷《まよ》ってしまうところだろう。

デュアンは走りながらそう思った。

果《は》たして、チャールズの言った通り、角を曲がるとすぐに石造《いしづく》りの階段があった。一段一段、角《かど》が摩耗《まもう》して、丸くなっている。そこを駆《か》け上《あ》がろうとして、いきなりチェックが大声で騒《さわ》ぎたてた。

「キケン！　キケン！」

「な、なんだよ」

デュアンはそう言いかけ、息を呑《の》んだ。

上から下りてくる者がいたからだ。

血のように赤いフードを目深《まぶか》にかぶった……魔道士《まどうし》だった。

4

その頃《ころ》、赤騎士たちを引きつけるため、たったふたりで戦っていたオルバとランド。彼らも苦戦を強《し》いられていた。

とにかく相手の体力がまったく落ちない。倒しても倒しても、やがて立ち上がってくる。

しかも、どんどん援軍《えんぐん》が集まってきていた。

「おい、まずいぜ。おれたち、あいつらに集合かけちまってる」

「そうらしいな」

ランドが言い、オルバが相づちを打った。

何せ、いくら隠《かく》し扉《とびら》で仕切《しき》られた隠し部屋だとはいえ、目と鼻の先に王や王妃《おうひ》が避難《ひなん》しているのだ。せっかく銀ねず塔《とう》のほうに引きつけているというのに、これではまずい。

「とにかく、どっか別の場所に誘導《ゆうどう》しようぜ」

赤騎士《きし》の剣《けん》をよけながらオルバが言った。

「ラジャ!」

ランドは相手にしていた赤騎士の後ろに回りこみ、彼らの背中を思いっきり蹴飛《けと》ばした。

ガチャガチャと音を立て、倒れこむ赤騎士。

それをひらりと飛び越えた。怪我《けが》をした右肩《みぎかた》を押さえながらの立《た》ち回《まわ》りではあったが、とてもそうとは思えない動きだ。

「んじゃ、来い、来い。鬼《おに》さん、こちら!……て、どっちに行けばいいんだ?」

ランドがオルバに聞く。しかし、彼も首を傾《かし》げた。

「さあな。外ならいいだろ」

「げ、外、まだ雨降ってるぜ。ほれ、雷《かみなり》もまだすげえぜ」

そう言うランドの顔をビカビカと稲光《いなびかり》が照らし出す。

「だったら好都合《こうつごう》だ。やつら、すぐ見失うだろう。なに、すぐ戻《もど》ればいい」

「ううう……せっかく乾《かわ》いたのにさぁ。それに、おれ、まだ怪我してんだけど」

「ほら、行くぜ。文句《もんく》なら、あとで聞いてやる」

オルバはそう言うと、赤騎士たち三人を相手に、王から借りたロングソードで戦いながら広間の左へ急いだ。広い階段が何段かあって、外に通じる大きな扉があったからだ。

ドンと扉を蹴り開ける。

途端《とたん》、滝《たき》のように降る雨が頬《ほお》を打った。

「やっぱよそうかなぁ……」

オルバがいったん開けた扉をまた閉《し》めた時、ランドと彼を追いかけてきた赤騎士たちがそこになだれこんできた。

「わ、ばかやろ。なんで、ドア閉めるんだよ！」

「え？　ああ、そ。じゃ、どうぞ」

オルバが慇懃無礼《いんぎんぶれい》に扉を開けると、そのままランドは赤騎士たちを引《ひ》き連《つ》れて土砂降《どしゃぶ》りの雨のなかへと消えて行った。

そして、十分も経《た》っただろうか。またすごい勢いでランドだけ戻ってきた。

バタンと扉《とびら》を閉《し》め、はぁはぁ…と荒い息を吐《は》く。何とか呼吸を整えてからオルバに食ってかかった。

「おい、おまえ、何してんだよ！」

「いやぁ、やっぱ濡《ぬ》れるのやだなぁと思って」

「てめぇー!!」

オルバの鼻先まで爪先立《つまさきだ》ちしたランドがわめく。

その長い髪《かみ》から、ぽたぽたと滴《しずく》が垂《た》れて床《ゆか》に落ちる。全身ずぶ濡れだ。

「まぁまぁまぁ。そんで？　やつらはどうしたんだ？」

オルバが聞くと、ランドは機嫌《きげん》が悪そうに答えた。

「その辺《へん》で撒《ま》いてやったぜ。雨のなか、まだおれを探してるだろうよ」

「ほぉー、やるじゃねぇか」

「ふん、おれを誰《だれ》だと思ってんだ」

まんざらでもないという顔のランド。オルバはそっぽを向いて、

「知らねぇよ」

と、つぶやいた。

「え？」と聞き返すランドに「いや、なんでもねぇ」と、苦笑するオルバ。

「そんじゃ、まぁ、王子さんたちを追いかけるか？」

「だな」

と、行きかけたのだが、バン!!　と、大きな音とともに扉が開いた。濡《ぬ》れ鼠《ねずみ》の赤騎士《きし》たちがガチャガチャ音をたてながら戻《もど》ってきてしまったのだ。

「ありゃ、あんたら戻ってきちゃったの？」

ランドが苦笑《にがわら》いする。

「撒いてやったんじゃねーのか？」

早速《さっそく》赤騎士の相手をしながら、オルバが怒鳴《どな》る。

「思ったよか、こいつら頭いいのな？」

前後から振り下ろされた剣《けん》をすんででよけたランドが答える。

……と、さらに、別の団体が入ってきた。

今度は全身黒ずくめ。しかし、赤騎士たちと同じく、全員ずぶ濡れである。

「おーっととと……、また敵が増えたかと思ったら味方《みかた》が来たぜー」

「そっか。じゃあ、少しは楽ができっか？」

オルバとランドは背中合わせで、赤騎士たちの相手をしつつ話をしている。「そうだな」

と言おうとしたオルバ、大階段の上を見てげんなりした口調《くちょう》で言った。

「いんや、そうでもなさそうだぜ」

オルバの視線を追い、ランドも同じくげんなりした顔になった。

なんと廊下《ろうか》の手すりから、今、入ってきた黒騎士《きし》の二倍はいるだろうと思われる赤騎士たちが並んで顔を出したのである。

しかも、彼らはクロスボウを持っており、階下目がけてドスドスと矢を射《い》かけ始めたではないか！

オルバたちは、射程《しゃてい》範囲から外《はず》れた場所にふたりで逃げた。

「やつら、味方《みかた》に当たっても平気だってぇのか？」

と、ランド。たしかに、赤騎士たちの上にも矢が降り注いでおり、なかには矢に射ぬかれ倒れた騎士もいた。

「すげ。プレートアーマー、貫通《かんつう》してるぜ！　どういうこった」

ランドがさらに言うと、オルバは苦々《にがにが》しい顔で答えた。

「たぶん、こいつら人間じゃやねえ」

その一言に、ランドはギョッとして振り返った。

「お、おれも薄々《うすうす》はそう思ってたんだが……やっぱりそうか？」

「ああ。おまえだって感じてるだろ？　こいつらに生気《せいき》を感じるか？」

　ランドは恐怖《きょうふ》に怯《おび》えた目で、すがるように言った。

「やめろよー。てーことは……もしかして、幽霊《ゆうれい》か？」

「何言ってんだ。違うよ、モンスターだっつってんの！　たぶん黒幕《くろまく》に操《あやつ》られてんだ。ゴーレム系だな」

　オルバに言われ、ランドは一気《いっき》にほっとした顔になった。

「なんだなんだ。脅《おど》かすない！　ふん、モンスターなら手加減《てかげん》はしねぇ。こい、化《ば》け物《もの》どもー！」

　うりゃーっというかけ声とともに、また赤騎士たちのなかに分け入っていく。その後ろ姿を見て、オルバは首を傾《かし》げた。

「幽霊じゃダメで、モンスターならいいのか？　変なやつ。どっちみち、ゴーレムとすればこいつらをいくら倒したって無駄《むだ》ってことになるな」

「たしかに」

「??」

　急に後ろから声をかけられ、オルバはさっと身構《みがま》えた。

　しかし、そこに立っていたのは黒騎士。フルフェースのヘルメットをかぶっているので、誰《だれ》なのかわからない。とりあえず会話したことのある、あの中隊長《ちゅうたいちょう》かとも思ったが、彼よりも背が低いようだった。

「オルバ、ずいぶんと派手《はで》なアーマーだな」

「え!?」

その声に、聞き覚えがあった。

しかし、それは遠い遠い記憶《きおく》の奥底《おくそこ》でかすかに反応《はんのう》する程度だ。

「誰《だれ》なんだ、あんた」

と、聞いた時にはその黒騎士《きし》は赤騎士たちふたりを相手に丁々発止《ちょうちょうはっし》とやりあっていた。

その腕前《うでまえ》はかなりのもの。

彼の後ろ姿を目で追っていた時、オルバめがけて赤騎士のひとりがウォーハンマーを構《かま》え、すごい勢いで突っこんできた。

「おっと……」

余裕《よゆう》で避《さ》ける。

その赤騎士はそのまま走り去っていった。急には方向転換《てんかん》ができないらしい。

やっとのことで方向を変え、再《ふたた》びオルバのほうに突っこんできた時、さっと足払《あしばら》いをかけた。

ぎゃっと悲鳴《ひめい》をあげ、赤騎士は見事《みごと》地面にすっ転《ころ》んだ。重い全身鎧《ぜんしんよろい》で一度転ぶと、起きあがるのは至難《しなん》の業《わざ》だ。ガチャガチャともがいている。

とどめをさすか、それともそのままにしておくかと迷《まよ》ったオルバは、ふと辺《あた》りを見回した。

さっきの謎《なぞ》の黒騎士のことが気になっていたからだ。

しかし、もう誰が誰なのか、さっぱりわからなくなってしまっていた。

なにせ、大広間のそこらじゅう、主階段のふたつとも、城の外もなかも。いたるところで黒騎士と赤騎士が戦っていたのだから。

それはもう壮観《そうかん》というしかない。

オルバは軽く肩《かた》をすくめ、こきこきっと首を鳴らすと、再び戦闘《せんとう》へと入っていったのだった。

5

クレイ・ジュダは、チャールズたちを守るようにさっと手を広げ、じりじりと後ずさりしていった。

反対に、赤いローブの魔道士《まどうし》は、にやにやと嫌《いや》らしい笑い方をしつつ、ゆっくり階段を下りてくる。

「王はどこだ?」

彼はくぐもった声で言った。

デュアンたちが黙《だま》ったままでいると、

「ふん、教えられんというのか。ならば、教えたくなるようにしてやろうかのう」

その皺《しわ》だらけの口がモゴモゴと動き、呪文《じゅもん》を唱《とな》え始《はじ》めた。

「まずい。チャールズ王子、早く逃げてください！　デュアン!!」

「は、はい！」

他《ほか》のふたりと同じように、その場に立《た》ち尽《つ》くしていたデュアンはハッと我に返った。

そして、

「ほ、ほら、アニエス、チャールズ王子！」

横で動けないでいるふたりの腕《うで》を引っ張り、デュアンは急いで今来た階段を下りようとした。

しかし、それより一瞬《いっしゅん》前に、魔道士《まどうし》の指先から光の束《たば》がほとばしり出た。

「あ！」

デュアンはアニエスたちをかばって、背中を向ける。

しかし、光はデュアンに届く前で離散《りさん》した。

「!?」

どういうことだ？

いや、分析《ぶんせき》なんか今はどうでもいい。

早く逃げなくちゃ。

クレイ・ジュダの足手まといになる。

デュアンはそう考え、再《ふたた》びアニエスたちの腕を取った。

彼らを急《せ》かして階段を下りようとして、いきなり硬《かた》い壁《かべ》にぶち当たってしまった。

「い、いた！」

「いったぁーぃ」

「うわっ！」

三人、階段に尻餅《しりもち》をついた。

目の前に、うっすらと光る半透明《はんとうめい》の壁ができていたのだ!!

「マジックウォール!?」

「マジックウォール?!」

アニエスとデュアンは顔を見合わせ、同時に叫んだ。

振り返る。

魔道士の指から、再び光の束が生まれ出ていた。今度は、クレイ・ジュダの目の前に光が飛ぶ。

デュアンたちの背後《はいご》にできた壁《かべ》と同じ、半透明《はんとうめい》の壁が現れた。

彼らは、魔法《まほう》の壁に前後とも閉《と》じこめられたことになる。

魔道士《まどうし》はさらに呪文《じゅもん》を唱《とな》えた。

「来るぞ」

クレイ・ジュダが言った。

デュアンたちが見上げた時、魔道士の手には、光でできた矢のようなものが握《にぎ》られていた。

「くっふっふっふ……」

不気味《ぶきみ》な笑い声とともに、矢を投げつけてきた。

マジックアローだ。

矢は、マジックウォールを突き抜け、デュアンたちに襲《おそ》いかかってきた。

キンッ！

金属音が響く。

クレイ・ジュダが抜いた細身《ほそみ》のロングソードがマジックアローを跳《は》ね返《かえ》した音だった。

マジックアローは一瞬《いっしゅん》で空中に砕《くだ》け散ってしまった。

「なに？」

魔道士の口許《くちもと》から笑いが消える。

「その剣《けん》は……!?」

苦々《にがにが》しく唇《くちびる》を噛《か》みしめ、両手を上にかざした。今度はマジックアローを束《たば》にして出し、いったん空中に浮き上がらせたのだ。

十本以上の光の矢が空中に止まっている。

それをクレイ・ジュダに向けて一気《いっき》に放った。

矢は、それぞれが生きているように、テンデバラバラな動きをし、マジックウォールを突き抜けていった。

キンッ!!

キン、キンキン!

クレイ・ジュダはごく少ない動作で、次々と光の矢を叩《たた》き落《お》とした。

しかし、これではどうしようもない……。

デュアンはアニエスたちを守りながら思った。

魔法の壁に閉じこめられた状態で、一方的になぶられているわけだから。いくらクレイ・ジュダでも、いつか集中が途切《とぎ》れてしまうだろう。

この人がどんな優《すぐ》れた戦士《せんし》だったとしても……。

デュアンは、黒いアーマーを着たクレイ・ジュダの背中を見て、胸が締《し》めつけられる思いがしていた。

加勢《かせい》したくても、何をどう加勢すればいいのか。今、彼のために自分ができることは……何もない。

「きゃあ!」

「うわ」

光の矢がひとつ、アニエスたちの目の前を通過していった。

さっと振り返り、彼女たちが無事なのを確認したクレイ・ジュダは、再《ふたた》び魔道士《まどうし》を睨《にら》みつけた。

もちろん、マジックアローを叩《たた》き落《お》としながら……。

魔道士は、赤いフードの下に隠《かく》れた目を怪《あや》しく光らせ、さらに強力な攻撃をしかけようと意識を集中し始めた。体がほんのりと赤い光で覆《おお》われていく。

その光が目に痛いほど赤く輝いた時、両手を前に差し出した……、その時。

クレイ・ジュダが立ち上がった。

細身《ほそみ》の剣《けん》を構《かま》えたと思ったら、光の壁《かべ》を真《ま》一文字《いちもんじ》に斬《き》りつけたのである。

ビシッと大きなガラスにヒビが入ったような音がして、壁は消えた。

魔道士はぽっかりと口を開き、両手を差し出したようなポーズのまま、その場に凍《こお》りついていた。

そこをすかさず、直進。デュアンには、クレイ・ジュダが瞬間移動《しゅんかんいどう》したのかと思った。それほどすばやく魔道士の腹にロングソードは突《つ》き刺《さ》さった。

ローブがはらりと落ち、魔道士の顔がむき出しになった。信じられないという顔のまま、その場に崩《くず》れ落《お》ちる。

デュアンも、アニエスも、チャールズも……。チェックさえもが信じられない光景に、言葉をなくしていた。

「デュアン、何をしてる。早く行くんだ！」

「え!?」

クレイ・ジュダに言われ、デュアンは目をぱちくりした。

「急げ!!」

ぐいと引っ張られる。

「さぁ、二人とも」

アニエスもチャールズも引っ張り上げられた。

何が何だかわからぬまま、三人はさっきまで魔道士が立っていた階段の上へと追いやられた。

そうだ。王子の部屋へ急がなくっちゃいけなかったんだ。

デュアンは思い出した。

階段を上りかけ、はっと振り返った。

「あなたは!?」

クレイ・ジュダは何も言わず、デュアンを見た。

……と、彼の後ろ……、つまりさっきデュアンたちの背後《はいご》に現れたマジックウォールの向こう側だ。階段の下に、赤いローブが浮かびあがった。

「え??」

見ると、倒れたはずの魔道士《まどうし》がいないではないか。

再《ふたた》び姿を現した魔道士は、すさまじい勢いで、しかも何十という数のマジックアローを放った。

さすがのクレイ・ジュダもすべてはかわしきれず、矢のいくつかが彼のアーマーを傷つけた。

「きゃあ！」

真《ま》っ青《さお》な顔でアニエスが叫ぶ。

クレイ・ジュダの額《ひたい》から鮮血《せんけつ》が滴《したた》り落《お》ちたからだ。

アニエスは泣き出してしまった。

「行きなさい！　行って、やつを操《あやつ》っているものを封《ふう》じるのです。それしか方法はない。デュアン、君ならできる。頼《たの》んだぞ」

デュアンは歯を食いしばって、大きくうなずいた。

チャールズ王子を見る。彼も青い顔でガタガタと震《ふる》えている。

彼らをうながし、デュアンはその場を去る決意をした。

クレイ・ジュダの言う通りだ。

きっとオルバたちも今頃《いまごろ》は果《は》てしのない戦いをしているだろう。

やつらは人間じゃない……。

「行くよ」

青い顔のまま、一方的にやられているクレイ・ジュダを見ていたアニエスは、ゆっくりとデュアンを振り返った。

そして、小刻《こきざ》みに首を横に振った。

「え？」

「いやよ。あの人をこのまま置いていくなんて。そんなことできない！」

彼女は、そう言うと、ロッドを握《にぎ》りしめた。

まずい!!

デュアンはあわててアニエスを羽交《はが》い締《じ》めにした。

「だめだよ。ここで、そんなことして何になるんだ。彼が言っただろ? キリがないんだって。やつは魔《ま》王《おう》に操《あやつ》られてるだけだから、いくら斬《き》ったって、燃やしたってすぐに再生《さいせい》しちゃうんだ」

「でも、それにしたって、このままにしておくなんてできない。彼、死んじゃうわ。そんなの、わたし、絶対に嫌《いや》!」

アニエスは涙で濡《ぬ》れた頬《ほお》を光らせ、デュアンを見つめた。

その紫色《むらさきいろ》の瞳《ひとみ》を見て、デュアンはハッと胸をつかれた。

「アニエス、君……!?」

アニエスはデュアンが言葉を呑《の》み込《こ》んだ意味がわかり、みるみる頬を染《そ》めた。唇《くちびる》を噛《か》みしめ、プイッと横を向く。

……と、いきなり、マジックアローがふたりにも襲《おそ》いかかってきた。

しかし、一瞬《いっしゅん》早くデュアンとアニエスをドンと押し倒したものがいた。

階段の上から、目の覚めるような瞬発力《しゅんぱつりょく》で駆《か》け下《お》りてきたもの……。

それは、しなやかな筋肉を躍動《やくどう》させ、ふんわりと浮くようにして、ふたりの前に降り立った。

純白の毛皮に、点々と浮かぶ優美《ゆうび》な斑点模様《はんてんもよう》……。

「クノック!!」

アニエスが叫ぶ。

ずっとチャールズ王子の部屋でアニエスが戻《もど》ってくるのを待っていたクノック。近くで主人の悲鳴《ひめい》が聞こえ、助けに現れたのである。

クノックの首にしがみつき、アニエスは心が暖かなものに満たされていくのを感じた。

「そうだわ。クノック、お願い。わたしはいいから、あの人を助けて」

アニエスに言われ、クノックはクレイ・ジュダを見た。

クノックは音もたてずに跳躍《ちょうやく》し、今度は赤いローブの魔道士《まどうし》の前に降り立った。

「がるるる……」

と、低音の唸《うな》り声をあげ、じりじりと魔道士に近づいていく。

「クノック、がんばれ、ぎーっす!」

チェックが騒《さわ》ぐ。

それをきっかけに、クノックは再《ふたた》び跳躍し、魔道士に襲いかかろうとしてマジックウォールに激突《げきとつ》してしまった。

「下がって」

クレイ・ジュダに言われ、クノックはおとなしく言うことを聞いた。

ズバンッとマジックウォールに斬《き》りつける。

さっきの壁《かべ》と同じく、耳ざわりな音を響かせ消えていく光の壁……。

こうなれば、魔道士《まどうし》のひとりやふたり、クレイ・ジュダとクノックの敵ではない。

事実、突如《とつじょ》現れた雪豹《ゆきひょう》のすばやい動きに魔道士は翻弄《ほんろう》され、どんどん階段の下へと追いやられていく。

「君の友達は頼《たよ》りになりそうだな」

クレイ・ジュダは余裕《よゆう》を取《と》り戻《もど》した顔でアニエスに言うと、クノックのあとを追いかけていった。

「アニエス、もうだいじょうぶだ。ほら、行くよ」

デュアンはアニエスをうながし、先頭に立って階段を駆《か》け上《あ》がっていった。

アニエスも、本当はまだクノックとクレイ・ジュダのことが心配でたまらなかったが、二、三度頭を振り、思いを断《た》ち切《き》った。

「チャールズ、行きましょう!」

王子を急《せ》かし、階段を駆《か》け上《あ》がった。
彼もあわててあとに続く。
目指《めざ》すチャールズの部屋はすぐそこにあった。

STAGE 7

1

銀ねず塔《とう》を見ることのできる、ほぼ同じ高さの尖塔《せんとう》があった。

城の北……ちょうどデュアンたちが捕らえられていた牢獄《ろうごく》の上に位置する。

胸騒《むなさわ》ぎを覚える黒雲が渦《うず》を巻き、その尖塔を押しつぶそうとする。時おり光る雷光《らいこう》がその全貌《ぜんぼう》を浮かび上がらせた。

その一番上の階の、凍《い》てついた部屋のなかまで。

そこには、深紅《しんく》のマントを羽織《はお》り、青い華麗《かれい》な服で身を包んだシュナイダー・デックスがいた。

いや、正確にいえばシュナイダー・デックスそっくりの男がいた。

彼は、額《ひたい》に玉のような汗《あせ》を浮かび上がらせ、氷のように冷たい部屋で、はぁはぁと息苦しそうに胸を押さえ、椅子《いす》に座りこんでいた。

がらんとした、椅子だけしかない部屋。

彼の他《ほか》には、赤いローブをまとった魔道士《まどうし》がひとりいるだけ。

彼は節《ふし》くれ立った指で、ローブをかき抱《いだ》いて言った。

「ううう、寒い。こ、ここはすさまじい寒さですなぁ」

しかし、シュナイダーに似た男は何も答えない。

相変《あいか》わらず苦しそうに息をついているだけだ。そのようすを見て、魔道士は肩《かた》をすくめた。

「センゼラブル様。あまりに魔力《まりょく》を使い過ぎたのではありませぬか？　魔力というものは、ぎりぎりまでチャージしておくのがよろしいのです。そうでなければ……」

まるで出来の悪い生徒に教え諭《さと》すような口調《くちょう》で言いかけた。しかし、すぐにその口は閉《と》じなければならなかった。

センゼラブルと呼ばれた男が、苦々《にがにが》しく睨《にら》みつけたからだ。その目が赤く光った。と、その瞬間《しゅんかん》。魔道士の頬《ほお》のすぐ横、フードにポッと火が灯《とも》った。瞬《また》く間に火は燃え広がった。

「うぎゃっ！　ああち、あちぃ！　ひゃあ！」

魔道士はフードをパタパタと叩《たた》き、大あわてで火を消し止めた。

「な、なにをなさいますか!!」

魔道士が食ってかかると、センゼラブルは不機嫌《ふきげん》に答えた。

「寒いと言ってたてはないか」

「…………!!」

魔道士はすごい目つきでセンゼラブルを見て小さくため息をつき、またフードをパタパタと払った。

この魔道士の名前はコジー・クローリ。

センゼラブルが雇《やと》い入《い》れた魔道士三兄弟のうちの次男である。

といっても、三人ともかなりの高齢なうえ、姿も格好《かっこう》もそっくりで、センゼラブルにも誰《だれ》が誰なのか見分けはつかなかった。

全員、皺《しわ》だらけの顔としゃがれた声の持ち主で、その時その時に応じて、さまざまな色のローブを身にまとった。

ただし、彼らは人間ではない。闇《やみ》の住人……つまり本性《ほんしょう》は魔物《まもの》である。

クローリ三兄弟といえば、闇の世界に通ずる魔法使《まほうつか》いとしては中堅《ちゅうけん》。報酬《ほうしゅう》さえもらえれば、どこにでも現れる……いわば魔法の使える傭兵《ようへい》といったところ。

クレイ・ジュダを相手に戦っていたのが長男のオジー。そして、銀ねず塔《とう》で戦っているのが三男のタジー。

ここにいる次男のコジーはどちらかというと戦闘《せんとう》よりも金勘定《かねかんじょう》のほうが得意《とくい》というタイプ。

ふだんでも、長男と三男が営業に行き、家で経理《けいり》を担当しているのが、このコジーである。三人とも、電撃系《でんげきけい》の魔法《まほう》が得意《とくい》ではあるが、それほど威力《いりょく》のある魔法が使えるわけではない。今はセンゼラブルの魔力《まりょく》を借り、特に強力な魔法を使うことができているというだけだ。

コジーがすっかりふてくされた顔になっていると、センゼラブルは深紅《しんく》のマントを翻《ひるがえ》して立ち上がった。

そして、窓からまた銀ねず塔《とう》を見た。

「どこにいるのだ、あのボケナス王は！　本当にあの塔にはおらぬのか？　どこかに隠《かく》れておるのではないのか!?」

銀ねず塔の周《まわ》りでは、赤騎士《きし》と黒騎士が雨に打たれながら戦っている。塔の窓からも火の手が上がり、激《はげ》しい戦いを物語っていた。

同じようにそのようすを見たコジーが言った。

「弟のタジーからの報告によれば、銀ねず塔にはたしかにいないとのことですな。いるのは、元王のリースベックとかいうジジイだけです。それが、滅法《めっぽう》強いらしく、タジーも手こずっているそうです」

コジーは何がおかしいのか、ケッケッケと笑った。

その瞬間《しゅんかん》、またセンゼラブルが最高に不機嫌《ふきげん》な顔で彼を見た。コジーは大あわてで、

「いやいや、笑ってる場合じゃありませんでしたな。はははは……」

と、またへらへらと笑った。

センゼラブルは、もう相手をしても意味がないというように、ため息をつき、窓に背を向けた。

そして、背を極端に丸めた。

ぐぐっと全身の力を溜《た》めていった。

彼の体の周りが、赤い光に包まれていく。その光がどんどん強くなって……まばゆく辺《あた》りを照らしだした時、

「イ——コノォケェイ、イィーコテデェ、イイィコオ、テデェエ……」

彼は低い押し殺したような声で呪文《じゅもん》を唱《とな》え始《はじ》めた。

そして、ぐいっと背筋《せすじ》を伸《の》ばすと、大きく手を広げた。手に光が集まっていく。

まるで大きなボールのようになった時、「えいっ!」というかけ声とともに、彼の前の床《ゆか》に光を投げつけた。

赤い光はさまざまに変化し、次第《しだい》に形作っていった。

徐々《じょじょ》に光が消え、輪郭《りんかく》がはっきりとする。

それを見ていたコジーが大げさにため息をついた。

「また赤騎士《きし》ですか？　あの体力勝負なだけの？　他《ほか》には出せないんですか？」

センゼラブルは、苦しそうにコジーを一瞥《いちべつ》し、吐《は》き出《だ》すように言った。

「時間稼《かせ》ぎをしておればいいのだ。今に、わたしの真の力が蘇《よみがえ》る。そうすれば、あの方《かた》が蘇る……。しかし、その時、生《い》け贄《にえ》に捧《ささ》げる者が必要なのだ。それも、王の位《くらい》をもつ者でなくてはならぬ。おまえもこんなところでグズグズしている暇《ひま》があったら、さっさと捜《さが》しだせ。なんとしても……」

コジーは、くいっと首をひねって言った。

「そりゃまぁ行ってきますよ。そういう契約《けいやく》ですからなぁ。その代わり、いただくもんはいただきますけど。その辺《へん》、お約束のほう、お願いしますよ」

しかし、センゼラブルは彼の問いには答えず、生まれたばかりの赤騎士のために、ドアを開いてやった。

「おまえは、あの銀ねずのほうへ行け。そして、王を捜すんだ。必ずあの塔《とう》にいる……」

センゼラブルはそこでいったん言葉を切り、そして意味ありげにうなずいた。

「いや、違うな。もう別の隠し部屋《かくべや》へ逃げたあとかもしれん。うむ……しかも、それはあの塔から続く隠し部屋だ。わかったな。一刻《いっこく》も早く見つけだぜ。いいな」

赤騎士は無言のまま、狭《せま》い階段をドカドカと下りていった。

その後ろ姿を「行ってらっしゃーい。がんばってねー」と、手をひらひらさせて見送るコジー。その背中をセンゼラブルは思いっきり蹴《け》っ飛《と》ばした。

「この役立たず。おまえもだ！　とっとと行って、早く王を見つけだせ!!」

2

一方、こちらはデュアンとアニエス、そしてチャールズ。

クレイ・ジュダに言われ、急いで階段を駆《か》け上《あ》がる。そこには長い廊下《ろうか》があった。その奥にあったのが、チャールズの部屋。

しかし、部屋へ入ろうとするチャールズとアニエスをデュアンが止めた。

「どうしたの？」

いぶかしげにデュアンを見るアニエスたち。

デュアンは、そっと扉《とびら》に耳をつけ、ようすをうかがった。

そして、アニエスたちをうながし、通路を少し戻《もど》ってから言った。

「なかに誰《だれ》かいる」

「え!?　まさか赤騎士たちが待《ま》ち伏《ぶ》せ!?」

と言ったのはアニエスだ。デュアンは首を傾《かし》げた。

「さぁ……。でも、魔道士《まどうし》だったら厄介《やっかい》だと思って」

「魔道士って、そんなに何人もいるの？」

「さっきの黒騎士団《きしだん》の人の報告によると、何人かいるって話だっただろ？」

「そっか……。どうしよう!?」

デュアンはしばらく考えを巡《めぐ》らしていたが、小さくうなずいた。

「おれが最初にドアを開ける。もし、敵だったらすぐに逃げ出す。赤騎士でも魔道士でも、どっちにしてもおれを追いかけてくるだろ？　囮《おとり》になって時間を稼《かせ》ぐよ。君たちは、この扉《とびら》の陰《かげ》に隠《かく》れててくれ。部屋が留守《るす》になったら、すぐに入って問題の本だけ持ってくるんだ。どこか安全な場所に隠れててほしいんだけど……。心当たりがありますか？」

王子は青い顔でうなずいた。

「部屋の奥に寝室《しんしつ》がある」

「わかりました。では、行きますよ」

デュアンが言うと、王子とアニエスは手をつなぎ、扉の陰に隠れる。

デュアンはゴクリと唾《つば》を呑《の》みこみ、小さく深呼吸してから扉のノブに手をかけた。

ガチャッと、心臓に悪い音が響《ひび》き渡《わた》った。

しかし、部屋の真んなかで、目を丸くしてデュアンを見ていたのは、赤騎士でも魔道士でもなかった。

銀髪《ぎんぱつ》をなでつけ、上品な白いひげをたくわえた紳士《しんし》。チャールズのお抱《かか》えの執事《しつじ》、ローレンだったのである。

デュアンが棒立《ぼうだ》ちになっていると、扉の陰にいたアニエスたちが顔を出した。

「なぁんだ。ローレンか」

チャールズがほっとした顔で出てくると、ローレンはうっすら目に涙まで浮かべて駆《か》け寄《よ》った。

「チャールズ様！　よくご無事で……」

しかし、彼が足をひきずっているのを見て、チャールズは驚《おどろ》いた。

「ローレン……、おまえ、足をどうしたんだい？」

「ああ、これですか。実は赤騎士どもにやられましてくじいてしまいました。ふがいないことです。それよりなにより、爺《じい》はチャールズ様のことが心配で心配で。何とかお部屋まで戻《もど》ることができたのですが……これから先どうすればいいかと途方《とほう》に暮《く》れておりました。そうそう、さっきまでアニエス様の雪豹《ゆきひょう》がおられたのですが、何やら急に外に出て行きたそうなそぶりをしたので、ドアを開けたのですが……」

「ああ、それはわかってる。実は……」

と、説明を始めようとした時、デュアンが口を挟《はさ》んだ。

「失礼。王子様、あまり時間がありません。申《もう》し訳《わけ》ないのですが、先にその問題の本を見せていただけますか？」

チャールズは美しい眉間《みけん》に皺《しわ》を寄せ、デュアンを睨《にら》んだ。

そして、彼は無視し、ローレンの腕《うで》に軽く手をかけて言った。

「ローレン、悪いが、今は説明している暇《ひま》がないんだ。ごめん」

「いえいえ、わたくしのことなど気になさらないでくださいまし。怪我《けが》のほうもたいしたことはございませんし。何か必要がありましたら、何なりと声をおかけください」

ローレンが頭を下げたのを見て、チャールズは部屋へ入り、自分の机へと向かった。

問題の本を手にすると、無言でデュアンに突き出した。

まだデュアンとは口をききたくないらしい。

「…………」

さすがのデュアンもいらいらし始めていた。

この非常事態《じたい》に、何をむくれているのか。

しかし、まぁ、いい。

今はそんなことかまっちゃいられないんだから。

デュアンは本を調べる前に、同じように調べようとしていたチェックに向かって言った。

「チェック、そちらの方《かた》が足をくじいたんだって。ヒールをかけてくれないかい？」

チェックはまんまる目をもっと丸くして、それからローレンを見た。

「いえいえ、滅相《めっそう》もない。わたしのことより、早くご用事をお済《す》ませください」

ローレンがしきりに恐縮《きょうしゅく》する。

その彼の前にトコトコ歩いていったチェックは「まあ、遠慮《えんりょ》するな」というように、ずいぶんと偉《えら》そうに手を振った。

そして、小さな手を握《にぎ》り合《あ》わせ、「もぐもぐもぐ」と呪文《じゅもん》を唱《とな》え始《はじ》めた。

ローレンもチャールズも、目を見張り、感心したようにチェックを見ていた。

そのようすをちらっと見たデュアンは、そっちは彼らに任《まか》せ、自分は本の調査に専念《せんねん》することにした。

本……といっても、なかが空洞《くうどう》になった箱を逆《さか》さに振った。手に紙切れが落ちてきた。

城の南西、銀ねず塔《とう》の三階より見えし石壁《いしかべ》の後ろ。

聖《せい》なる犬により、魔王《まおう》センゼラブルを封印《ふういん》せり。

しかし、犬が去る時、闇《やみ》の力が戻《もど》り、世界は破滅《はめつ》する

デュアンは何度も何度も文章を読み返した。

王妃《おうひ》の庭園造《ていえんづく》りのため、石壁《いしかべ》を壊《こわ》し、聖《せい》なる犬らしい石の像《ぞう》もどこかへやってしまったという。

つまり、もう犬はいない。犬は去ってしまったのだ。

世界は破滅してしまうしかないのか!?

それとも犬を戻せばよいのだろうか。

いや、そうではないはずだ。

聖なる犬により封印《ふういん》したとあるのだから、もう一度封印しなくてはいけない。それが可能だというのなら。

とすると、どこかにその方法が書かれていなくてはならない。

封印の方法……。

デュアンは昔《むかし》読んだ本を思い出した。

たしか魔法《まほう》を使う巨人をだまし、小さな動物に変化させておいてから、壺《つぼ》のなかに押しこめ、蓋《ふた》をしてしまった猫《ねこ》の話だった。

壺のなかというのなら話はわかるが、犬に封印するとは、どういうことだ⁉　犬の像に空《くう》洞《どう》があるのだろうか。

3

黙《だま》ったままのデュアンをアニエスとチャールズは、やはり無言で見ていた。

チャールズは半信半疑《はんしんはんぎ》……というより、ほぼ百パーセント疑《うたが》っていた。

こんな頼《たよ》りなさそうな、無能《むのう》そうな男に何がわかるものか。

あのクレイ・ジュダという戦士《せんし》とは比べものにならない。

レベル16のクレイ・ジュダと比較されては、デュアンもたまったものではないが、まさかそんなふうに思われているとも知らず、目を皿《さら》のようにして何度も何度も、それこそ紙に穴《あな》が開くほど文章を読んだ。裏返《うらがえ》したり、ロウソクの光にかざしたりして紙切れを観察した。

紙切れの入っていた本も子細《しさい》に点検《てんけん》した。

ローレンをヒールし終わったチェックも点検なら任《まか》せてくれと言わんばかりの、いっぱしの難しい顔をして首を傾《かし》げ、紙や本を見ていた。

「いくら見たって、それ以上のことは書いてないよ。ぼくだって、何度も読み返したんだから……」

口を尖《とが》らせて言うチャールズのほうを手で制し、デュアンは言った。

「ちょ、ちょっと待って……。どっか気になるんだ。何だろう？　何が気になるんだ？」

それはチャールズに言ったのではない。自分に問うたのだ。

「どこが気になるの？　一行目？」

アニエスが駆《か》け寄《よ》り、デュアンの隣《となり》から紙をのぞきこんだ。チェックも同じようにのぞきこむ。

「いや、違う」

デュアンが首を横に振った。

「じゃ、二行目？」

さらにアニエスが聞く。同じように首を振るデュアン。

「三行目……っていうと、もう最後だけど」

と、言いかけたアニエスのほうを見て、デュアンは目を輝かせた。

「それだ！」

「え？　三行目？」

「いや、あ、あー、そう。その最後だ」

「最後って？」

「この『しかし、犬が去る時、闇《やみ》の力が戻《もど》り、世界は破滅《はめつ》する』っていう文だけ最後に『。』がついてない」

「う、うん……、そう言われればそうだけど……」

それがどうかしたのかという顔のアニエス。

彼女にデュアンは聞いた。

「『。』は何を意味する？」

「そ、そりゃ、文の最後を表す記号なんでしょ？」

「そうだ。ということは……」

デュアンが言いかけた時、後ろで聞いていたチャールズがつぶやいた。

「最後ではないということ？　この文には続きがあるっていうこと？」

デュアンは、にっこり笑ってチャールズに向かって言った。

「そうです。その通り！」

チャールズは憮然《ぶぜん》とした顔で言った。

「そ、それくらいはぼくだって考えたさ。でも、どこにもなかったんだから」

「そうでしょうか？」

デュアンは紙切れの入っていた本を机の上に置き、腰《こし》に下げていたショートソードをスラリと抜いた。

「どうするの？」

アニエスが不安そうに聞くと、彼女に答える代わりに、デュアンはにっこり笑ってチャールズに尋《たず》ねた。

「この本を解体《かいたい》したいのですが、よろしいでしょうか？」

4

国家の一大事。

いや、世界が滅亡《めつぼう》するかもしれないという重要事だ。

本の一冊《いっさつ》や二冊解体しても、誰《だれ》が咎《とが》めるだろうか。

チャールズは即座《そくざ》にそう判断して、本の解体を許した。

アニエス、チャールズ、そしてチェックが、デュアンの手元に注目するなか、デュアンは細心《さいしん》の注意を払い、古びた本を解体し始めた。

一気《いっき》に切断《せつだん》すると、ボロボロに崩《くず》れ落《お》ちてしまいそうだったから、徐々《じょじょ》に切れ目を入れていく。

古びて脆《もろ》くなった紙が粉のように落ちる。

それをプーッと吹いて、またゆっくりと切れ目を入れる。

根気《こんき》よくその作業を続け、ついに本をバラバラに解体《かいたい》したのだが……。

本の中身を見て、全員があっと驚《おどろ》いた。

本は、外見《がいけん》は一冊《いっさつ》の本のように見えていても、実は箱だったわけだが。その箱の中身、いや、内側と言うべきか。その部分に、ぴったりと何かメモのような小さな文書が張りつけてあったのだ。

「あった！」

チャールズが顔を輝かせた。

あんなに頭をひねって、悩《なや》んで、探し回ったというのに。まさか、こんなところにあるとは思いもしなかった。

デュアンとアニエスは、両手を広げ、バシッと叩《たた》き合《あ》った。

「なんて書いてあんだ？　ぎーっす」

見たくて見たくてたまらないチェックが首を伸《の》ばす。

それを押さえつけ、デュアンが目を凝《こ》らした。

黒っぽく変色してしまっているため、あまりよく読みとれないのだ。

それでも、何とか理解はできた。

文書にはこうあった。

であろうが、絶望することなかれ。思い出すべし。
闇《やみ》の力、戻《もど》るには時間のかかること、
力弱き時、センゼラブルは未《いま》だ魔王《まおう》にあらず。
力戻すより前、聖《せい》なる犬に再《ふた》び封印《ふういん》すべし。

「であろうが!?」

アニエスが言うと、チャールズが答えた。

「こっちの文書の続きだよ」

「ああ、こっちのね。えっと、……つまり、『闇の力が戻り、世界は破滅《はめつ》する……であろうが、絶望することなかれ』？　変な文ね」

「だよね。気をもたせて。それに肝心《かんじん》のことは書いてないし。うちのご先祖様《せんぞさま》ったら……」

「そうよ、そうよ。『犬に再び封印すべし』で終わっちゃだめじゃん。その封印するにはどうするかを書きなさいよ！」

アニエスがぶーぶー文句《もんく》を言っているのを聞きながら、デュアンはふとその文書の端《はし》っこをショートソードの先でちょいちょいとこすってみた。

「どうかした？」

アニエスがのぞきこむ。

「ああ、ちょっと危《あぶ》ないから下がってて……どうやら、これ、一枚じゃないらしい。二枚重なってるようだね。チャールズ王子、あなたのご先祖様《せんぞさま》はかなりいたずらがお好きだったようですね」

そう言われて、チャールズはびっくりした顔でデュアンを見た。

さらにデュアンは続けた。

「水がほしいのですが……、この部屋にありますか？」

すると、壁《かべ》にもたれて立っていたローレンが大急ぎで水差しを持ってきた。

「これでよろしいでしょうか？」

「はい。大変けっこうです。すみません、怪我《けが》をしているのに」

「いや、お気遣《きづか》いなく。足をくじいたというだけですからな。チェックさんのおかげで、もうだいぶ痛みもひきましたし」

ローレンから水差しを受け取り、デュアンはなかの水を謎《なぞ》めいた文書の上に垂《た》らした。少し時間をおき、デュアンはまたショートソードで、文書の端《はし》っこをこすってみた。

水をふくんで剝《は》がれやすくなったせいだろう。今度は、ぺらっとめくれた。

デュアンの推測《すいそく》した通り、文書の下にも別の文書が現れたではないか！

それにはこう書かれてあった。


実を申せば、センゼラブルは魔王《まおう》などという大それたものではない。

やつはただの下《した》っ端《ぱ》である。

本物の魔王であれば、魔力《まりょく》をもたぬ凡人《ぼんじん》に封印《ふういん》することなどできないが、センゼラブルならば簡単《かんたん》である。

これと対《つい》になる本物の本、そして真実の犬にて封印が叶《かな》う。

ただし、ゆめゆめ油断《ゆだん》するべからず。

センゼラブルは、人の心を操《あやつ》ることが得意《とくい》であり、時が経《た》てば経つほど、闇《やみ》の力も大きくなる。

大きくなれば、本物の魔王を呼び出すことも可能になる。

そうなれば……、その時こそ、この国……いや、この世は破滅《はめつ》するであろう。


「なるほどね」

デュアンはうなずき、チャールズとアニエスを見た。

「犬の像《ぞう》と本を見つけることが先決らしいですね」

5

「これ、また元通りにしておきましょう。敵に見られるとまずいですからね」

デュアンがバラバラになった本を見て言うと、ローレンがうなずいた。

「それでしたら、わたしにお任《まか》せください」

「すみません。簡単《かんたん》にでいいですが、バラバラにしてあることがわからないようにしておいてください」

ローレンが「はい」と了解《りょうかい》したのを確認し、デュアンはまっすぐにチャールズを見た。

「で、その……本物の本についてですけど」

その迫力《はくりょく》に圧《お》され、チャールズは「な、なんだ……」と、口ごもるしかなかった。

しかし、デュアンの頭には、さっきまでのチャールズとの間にあった「ぎこちなさ問題」などはどこかに吹き飛んでいた。

国家を救《すく》うとか、世界を救うという使命感《しめいかん》というのでもない。

それよりなにより、謎解《なぞと》きをするということにワクワクしていた。

「王子様は心当たり、おありですか？」

「う、う……うん……今、思い出していたところだけど。よく覚えてない」

「なるほど。ともかく、この本があった書庫《しょこ》が怪《あや》しいと思うんです。というか、たぶんそこでしょう」

「まぁ、そうだろうな」

そこに、アニエスが口を挟《はさ》んだ。

「ね。この本物の本ってどういう意味なの？」

「うん、つまりね。この本は、ほら、読めないだろ？　一見《いっけん》普通の本に見えるけど、中身がない。ただの箱だ。たぶん、その問題の本は、ちゃんとページもある普通の本なんだよ。これとまったく同じ装丁《そうてい》の」

「なーるほど！」

「はい、これでどうですか？」

と、ローレンが元通りにした本をデュアンに手渡《てわた》した。彼は満足気に本を見ながら言った。

「どうもありがとうございます。……で、その書庫なんですけど」

再《ふた》びチャールズのほうを向いたデュアン。

「ここから近いですか？　それとも……」

と、言いかけたが、チャールズは即座《そくざ》に答えた。

「すぐそこだ。この廊下《ろうか》の先を右に曲がって、二番目の部屋が書庫《しょこ》になっている」

「ふむ。それで、犬の像《ぞう》ですが……今、どこにあるとお考えですか？」

チャールズは、しばらく考えたのち、口を開いた。

「そうだな。たぶん……あの庭師《にわし》の家の近辺だと思う。彼はたしか…裏山に捨てたとか言ってた。でも、そこは探したが見つからなかったとも。……でも、もしかしたらちゃんと見つけてて、ぼくに渡《わた》しそびれているだけかも」

「つまり庭師の家にあるかもしれないというわけですね？　その家というのは、城内にあるんですか？」

「そうだ」

「わたしを案内していただけますか？」

「………え!?」

チャールズは口をポカンと開けた。

この赤騎士《きし》や魔道士《まどうし》たちがウヨウヨと城内を徘徊《はいかい》している今、しかもこの夜中、この豪雨《ごうう》のなか、王子である自分に案内しろというのか!?

チャールズが何か言う前に、ローレンが足を引きずりながら進み出た。

「まさか！　チャールズ様にそのような危険な役をさせるわけにはまいりません。こんな雨のなか……。風邪《かぜ》でもひかれたらどうなさいます⁉　ええ、その役ならば、わたくしめがいたします！」

「その足で、ですか？」

デュアンが聞く。

「そうです。ずいぶんと楽になりました。もう平気でございます」

「そのようには見えませんが……」

デュアンが言うと、ローレンは無理《むり》にまっすぐ立ってみせ、かえって足を痛くしたようで。辛《つら》そうに顔をゆがめた。

しかし、その顔でまた無理矢理《むりやり》笑って言った。

「なあーに、こんな怪我《けが》くらい。這《は》ってでも、案内いたしますぞ‼」

意気ごみは買うのだが、正直言って足手まといにしかならない。赤騎士に遭遇《そうぐう》した時、逃げることもできないだろう。

しかし、ローレンの言うのも正しい。王子を危険にさらすわけにはいかない。

では、どうするか？

こんな複雑《ふくざつ》な城のなか、よく内部を知った者の案内がなければ到底《とうてい》目的の場所には辿《たど》り着《つ》けはしないだろう。しかも、今は一刻《いっこく》の猶予《ゆうよ》もないときてる。

デュアンが眉間《みけん》に皺《しわ》を寄せ、考えこんでいると、チャールズがローレンの腕《うで》に手を置いた。

「ローレン、だいじょうぶだよ。国家の一大事なんだ。ぼくが守らなくてどうする。ローレンは、アニエスを頼《たの》む。アニエス、書庫《しょこ》でこの本と同じ装丁《そうてい》の本を探しててよ。きっと左側の棚《たな》が怪《あや》しいと思うんだ。この本があったのもそこだからね。ローレン、覚えてるよな?」

ローレンは目を丸くして、チャールズを見た。

「チャールズ様!!」

「だいじょうぶだって。危《あぶ》なくなったら、この人にせいぜい守ってもらうからさ。君、一応《いちおう》戦士《せんし》なんだろ?」

『一応』のところをいやに強調して、チャールズはデュアンを見た。

しかし、そんな挑発《ちょうはつ》には乗ってる場合ではない。わざと聞かなかったような顔で、デュアンは言った。

「じゃ、まずはどういうルートで行くかを決めましょう。ぼくもだいたいの土地勘《とちかん》はもっていたい。その庭師《にわし》の家というのは、城内のどこにあるんですか?」

6

「この窓から見て……」

と、チャールズは部屋の左側にある小さな窓のほうへと歩いていった。

デュアンもそのあとに続いていく。

しかし、窓から見えるのは暗《くら》い雨だけだ。

「うーん、今は見えないけど。ともかく、こっちから赤い煙突《えんとつ》が見えるはずなんだ。そこが使用人たちのカマドのある場所でね。その右側が彼らの住居になっている」

「なるほど。ここからどれくらいありますか？　かなり遠いんですか？」

「ううん、そんなことはないよ。でも夜だし、雨もやまないし、雷《かみなり》も鳴ってるし……寒いし」

王子の愚痴《ぐち》はまだまだ続きそうだったので、デュアンは途中で遮《さえぎ》った。

「で、そこへ行く近道は？　それから、できれば雨に濡《ぬ》れないで行きたいし、赤騎士《きし》たちにも見つかりたくない」

「それ、どういう優先順位になってる？」

チャールズに聞かれ、デュアンはちょっと驚《おどろ》いた。

この王子様、けっこう頭いいじゃん。

「そうですね。まず、第一が敵に見つからないこと。第二に近道であること。雨に濡《ぬ》れないことは、最後でいいです」

「そうか。だったら……書庫《しょこ》へ行くのとは反対の、つまり、廊下《ろうか》の突き当たりを左に曲がったところに階段がある。そこを下りるんだ。たぶん、こっちの階段は細いし、あまり使われていないから敵もいないと思う。その後は……あ、そうだ。図に描いたほうがいいね」

チャールズは机の前まで行き、上にあった羽ペン取り、紙を広げた。

「ここが今いる場所。さっき言った階段を下りると、城の裏に出るんだ」

「裏側というと？」

「つまり、今は暗《くら》いから見えないけど、城の南……、こっちだ。こっちに出る」

「なるほど」

「これはぼくの想像だけど、たぶん、この辺《へん》は敵もいないと思う。で、雨に濡れないためにも、こっちから外の渡《わた》り廊下《ろうか》を使いたい」

「渡り廊下ですか……」

「目立つかな？」

「さあ。それはようすを見てみないと何とも言えませんが。幸運を願うしかないようですね」

「そうだね。しかし、運がない場合……かなり手強《てごわ》いルートになってしまうよ。最短距離ではあるけどね」

チャールズは、渡り廊下といって引っ張った線の横をぐるぐると塗《ぬ》りつぶした。

「ここに高い垣根《かきね》がある。ここを越えていくしかないと思うんだ。他《ほか》の場所は、今戦場になっているわけだから。かなり大変だし、ずぶ濡れになってしまうけど……」

「それはあきらめましょう」

「そうしたら、あとは簡単《かんたん》だ」

チャールズは、太い線をぐいと引っ張った。

「了解《りょうかい》。じゃあ、それで行きましょう。しかし雨には、どうしても濡れるでしょうから、マントが必要ですね。ローレンさん、王子様にマントをお願いします」

デュアンがローレンに言うと、

「はいはい。しかし、あなた様も必要でしょう?」

と、早速《さっそく》用意を始めながら、ローレンが聞き返した。

「あ、そうですね。何かボロいのでかまいませんから、貸していただけるとありがたいです」

デュアンの言い方に、ローレンは苦笑した。

「ここは王子様の部屋ですよ。ボロいマントを探すほうが大変です」

「あ、そうでしたね……ま、じゃあいいですよ。別に死ぬわけじゃないし」

デュアンが肩《かた》をすくめると、チャールズがボソッとローレンに言った。

「いいよ。ぼくのを貸してあげて」

「さすがにうちの王子様は心が広くていらっしゃる」

ローレンは、ニコニコしながらふたりのためのマントを王子の寝室《しんしつ》へと探しに行った。ま
だ足をひきずっていたが、チェックのヒールが効《き》いたのだろう。かなり楽なようすだった。

ずーっと蚊帳《かや》の外に置かれていたアニエスはというと。

いつもなら、自分も会話に加わるところだが、ここはデュアンたちに任《まか》せたほうがいいと
思っていた。

自分が意見をするべき時ではない。

想像していた通り、デュアンはきっとチャールズをうまくリードしてくれる。どこか似た
部分をもつふたりだもの。きっとうまくいく。

アニエスは確信していた。

やがて、ローレンがマントを二着持って戻《もど》り、デュアンとチャールズがそれを羽織《はお》った。

「それから、ランタンなどありませんか？　外は真《ま》っ暗闇《くらやみ》でしょうから」

デュアンが聞くと、ローレンはニコニコと立派《りっぱ》なランタンを差し出した。

「そう言われると思いまして。これは小型ですが、大変に性能のよろしいランタンでございます。多少の雨風でも消えることはございませんし、明るく、また軽いものでございます。非常用にわたくしがチャールズ様のお部屋に備えておいたものですが、まさかお役に立つとは思ってもみませんでした」

デュアンはそのランタンの調子を見ると、

「たしかによいもののようですね。助かります。あ、それからロープもお借りしたいんですが……。その高い垣根《かきね》を越えていくことになったら必要ですからね」

「はいはい。ございますとも。あ、もしよろしければこの非常用のリュックをお持ちになっては？　ランタンも横につり下げられますし、水や干し肉なども入っております。まぁ、そんなものは必要ないでしょうが」

ローレンが持ってきたリュックを見て、デュアンはありがたく貸してもらうことにした。どんな状況になるかわからなかったからだ。

マントを一度脱いでからリュックを背負《せお》う。そうしておいて、再《ふたた》びマントを羽織った。

「さて。じゃあ、出発しましょう。アニエス、本のほう、頼《たの》んだよ」

デュアンが言うと、アニエスは親指をグイッと上に、右手を挙《あ》げた。

「ラジャ！　そっちもしっかりね。この人、けっこうひ弱だから、あんまり無理《むり》させないで」

ひ弱と一言で言われたチャールズはムッとして、

「前よりは強くなったんだよ。これでも」

と、口を尖《とが》らせた。

それを聞いて、デュアンはにっこり笑った。

「実は、ぼくもひ弱だったんですよ。子供の頃《ころ》なんか、何かというとすぐ熱出して。その頃から比べればだいぶ強くはなりましたけどね。でも、相棒《あいぼう》に比べればぜんぜんダメだから」

相棒？

チャールズの頭に、最初、クレイ・ジュダが浮かんだが、すぐにぷるぷると頭を振って訂《てい》正《せい》した。そのあとにすぐ浮かんできたのは、あのオルバ・オクトーバの男臭《くさ》い顔だった。

7

その頃、オルバはというと、ランドと一緒《いっしょ》に赤騎士《きし》たちを再度《さいど》外に連《つ》れ出《だ》そうとしていた。

敵の数はほぼ二倍。その上、戦っても戦ってもいっこうに減る気配《けはい》を見せない。

しかし、今度は黒騎士たちもいるわけで。彼らと一致協力すれば、何とかなるかもしれないと、ふたりは判断したのだ。

「おい、今度はおめぇも来るんだぞ」

ランドが肩《かた》を押さえながら言う。

「何のことかなぁ？」

とぼけてみせるオルバ。

さっき外に誘導《ゆうどう》すると言っておいて、オルバだけ城のなかでのうのうと待っていたのをランドは言っているのだ。

しかし、オルバはとぼけながらも、ランドの肩口から血がにじんできているのが気になってきていた。

やつは、もう少ししかもたない。

どこかで休ませて、止血しなければ……。

「わかったわかった。じゃあ、今度はおれが行く。おめぇは、ここで待ってろ」

「え⁇」

赤騎士たちの攻撃をよけながら、ランドは目を丸くした。

銀色《しろがねいろ》の鎧《よろい》に、金色の意匠《いしょう》が丁寧《ていねい》にほどこされた全身鎧。手には、これまた王家に伝わるロングソードという派手《はで》な出で立《いた》ちもだいぶ板についてきたオルバ。

彼は、その辺《へん》にいる赤騎士《きし》たちを蹴散《けち》らしながら、さっきから目立った働きをしている黒騎士に近寄っていった。

「おい、おっちゃん」

急に呼ばれ、黒騎士は驚《おどろ》いたようだった。

フルフェースのヘルメットのまま、オルバを見た。

「このままじゃこっちが不利だ。やつらを一時閉《と》じこめておける場所はないか？　全員でなくてもいい。とにかく数を減らしたい」

オルバが言うと、黒騎士は大きくうなずいた。

「そうだな。おれもそう思ってたところだ」

その声に、オルバはハッとした。さっきの謎《なぞ》の黒騎士だったからだ。

「おい、おまえは誰《だれ》なんだ？」

「おれかい？」

黒騎士はそう言うと、フルフェースのヘルメットを脱いでみせた。

派手ではないが、品のいい顔立ち。黒い髪《かみ》の青年が現れた。

「……お、おまえ!!」

オルバは彼を指さし、そして凍《こお》りついた。

青年はにっこりと笑い、オルバを見つめた。

何事か？　と、ランドが近寄ってくる。

「どうしたんだい？　知り合いか？」

と、聞かれ、オルバはつぶやいた。

「………誰だったっけ？」

その時、他《ほか》の黒騎士が近寄ってきて、大きくこけている青年に言った。

「スベン、おまえ、傷はだいじょうぶなのか？」

「あ、ああ、きつく包帯を巻いてあるからな。傷口もふさがったし、平気だろ」

「無理《むり》すんなよ」

声をかけた黒騎士はそう言うと、赤騎士の相手をしに戻《もど》っていった。

そのすぐあとだった。

オルバは握《にぎ》り拳《こぶし》を作り、青年の鳩尾《みぞおち》にパンチをした。

「うっ……」

傷に当たったらしく、青年が顔をゆがめる。

「あ、わりぃわりぃ。おめぇ、スベンか!?　スベン・ジーセンだな!?　思い出したぜ」

彼はリースベック元王の部屋で、赤騎士《きし》を相手にして負傷したばかりのスベン・ジーセンだった。

スベンは苦しそうに笑い、オルバに言った。

「相変《あいか》わらずだな、オルバ」

「ふっふっふ。おめぇは、ずいぶんとご出世《しゅつせ》じゃねぇか。近衛《このえ》とはな！」

「まぁね。とはいえ、そんなに日は経《た》っちゃいないがね」

「しっかし、黒騎士団といえば実力はもちろんのこと、家柄《いえがら》血筋《ち　すじ》だって審査《しんさ》厳《きび》しいっていうじゃねぇか」

すると、スベンは、「ふっ」と意味ありげな笑いを浮かべたが、結局は「ま、いいじゃないか」と、その場をごまかした。

そんなこと、追及《ついきゅう》するようなものでもないし、その気もない。だいいち、今はそれほど悠《ゆう》長《ちょう》な状態ではないから、オルバも肩《かた》をすくませただけの反応《はんのう》しかしなかった。

「こんなところで会うとはな」

スベンが言うとオルバも大きくうなずいた。

「んだ、んだ。ついさっきだぜ。相棒《あいぼう》に、おめぇのことを話してたのは。ここの牢屋《ろうや》にブチこまれてたからな」

「ああ、聞いてる。だから、相変わらずだと言ってるんだ。おれはもう牢番《ろうばん》も牢屋もこりごりだがな」

「ふん、おれだってそうだ。何を好《す》き好《この》んで牢屋に入る馬鹿《ばか》がいるかよ。おめぇらの陰謀《いんぼう》に巻きこまれただけなんだぜ？　こっちはいい迷惑《めいわく》だ。ま、いいや。今は昔話《むかしばなし》している場合じゃねぇ」

そう。スベン・ジーセンこそ、オルバがデュアンに語って聞かせた、オルバの過去を知る男……いや、オルバを死刑の一歩手前で救《すく》い出《だ》し、しばらく共にパーティを組んでいた謎《なぞ》の牢番だった。

さらに断《ことわ》っておくが、彼らはこういう会話をしつつも、赤騎士《きし》たちの相手も怠《おこた》りなくやっていた。それも、ひとりがひとりを……ではなく、ひとりが最低ふたりか三人を相手にしていたのだから、彼らの強さは並大抵《なみたいてい》でないことがわかる。

「おめぇら、こいつらと変わりねぇな。化《ば》け物《もの》どもめ」

ランドはあきれ果てた顔でつぶやいた。

「あんだって？」

すかさず聞き返すオルバ。ランドは肩《かた》をすくめて言った。

「いやいや、何でもござんせんよ。それよか、どうするんだい？　さっきの話」

「そうだな。これに魔道士《まどうし》とかいうのが加わると、厄介《やっかい》なことになるからな。その前に何とかしねぇと。なあ、スベン、さっきも言ったけどさ。どうやったら、やつらを閉《と》じこめることができる？　その場所さえ教えてくれりゃあ、おれ、ひとっ走り行って、そこに皆様をご案内してくるんだが……」

「そうだな……さっきからおれも考えていたんだが、うまい場所が見当たらない。考えられるとしたら、室内用の馬場《ばば》だが」

「そんなのがあるんだ？」

「ああ。厩舎《きゅうしゃ》と兵舎の後ろにある。あそこに誘導《ゆうどう》できればしばらくは足止めできると思う」

「しばらくは……ってぇのは？」

「うむ。こいつら、根性《こんじょう》だけは果《は》てしなくありそうだからな。どんなことをしても、脱出《だっしゅつ》するだろう。そこは牢獄《ろうごく》でもなんでもないから、そんなに頑丈《がんじょう》な入口じゃないし、窓もあるし」

「なるほどな。ま、しかし、いいよ。少しこっちも一息つきたいし。たぶん、そうしている間に、おれの相棒《あいぼう》が何とかする」

オルバはそう言うと、デュアンたちが走っていった廊下《ろうか》のほうを見た。

スベンはそっちをちらっと見て首を傾《かし》げた。

「おまえの相棒《あいぼう》っていうのは、そんなに優秀なのか？　聞けば、少女のように細っこい少年だというじゃないか」

「ははは、そうさ。でもな。やつは、ただの弱っちいガキじゃねぇんだ」

オルバはにんまりと笑った。

彼の肩《かた》に手をかけ、負けじとランドも言った。

「あのガキはどうだか知んねえけどな。一緒《いっしょ》に行ったクレイ・ジュダは正真正銘《しょうしんしょうめい》、たいした野郎《やろう》なんだぜ。何せ、まだ二十四だっつうに、レベル16ってんだから。それに、わけのわからんカリスマがある」

「レベル16⁉」

オルバもスベンも驚《おどろ》きの声をあげた。

彼らを得意《とくい》そうに見るランド。

オルバは憮然《ぶぜん》とした顔で言った。

「おれの相棒なんざ、レベル3だぜ？」

今度はスベンとランドが叫ぶ番だった。

「レベル3⁉」

オルバは苦笑《にがわら》いしながら言った。

「まあ、いいや。じゃあ、どっちみちおれたちは時間稼《かせ》ぎをしてりゃ、何とかなりそうだっつうこった。ランド、いいな。おれは、黒騎士《きし》のおっちゃんたちと一緒に、その馬場《ばば》にこいつらを案内してくる。おまえは、こいつに頼《たの》んで止血してもらえ」

そして、今度はスベンに向かって言った。

「というわけだ。こいつ、ランドっていうんだが。ま、詳《くわ》しい紹介《しょうかい》はあとでいいやな。とりあえず、こいつもあんたと同じく負傷してる。その上、けっこうやばい」

それを聞いて、スベンは(皆まで言うな)というように手で制した。

「わかった。応急《おうきゅう》手当をしておこう」

「って……、おめえはいいのか?」

スベンは答えようとしたが、そこに赤騎士が突っこんできたから、それを避《さ》けるため、一歩下がった。

目標を失った赤騎士がバランスを崩《くず》したところをガツンと蹴《け》る。そこに、新手《あらて》の赤騎士がクロスボウで射《い》かけてきた。

すかさず避けて、瞬時《しゅんじ》に懐《ふところ》からショートソードを取り出し、その赤騎士に投げつけた。

ショートソードは赤騎士の喉《のど》に命中し、彼はどっと倒れた。

一連の戦いぶりを見て、オルバは肩をすくめて言った。

「余計《よけい》な心配だったようで……」

「そういうことだ。他《ほか》の連中に、作戦を伝えてくる。待ってろ」

スベンの額《ひたい》に汗《あせ》が滴《したた》り落《お》ちる。

彼はそれを指で拭《ぬぐ》いながら、黒騎士《きし》たちのほうへと走って行った。

8

「お逃げください！」

黒騎士団長エドワード・ザムトの声が響いたのは、これで何度目だろう。

銀ねず塔《とう》の三階。

ジリジリと赤騎士たちに攻めこまれ、王の椅子《いす》が置かれた壇上《だんじょう》も、もはや戦場となっていた。

ここより下では火の手もあがっている。

その壇上、中央部分で、何人もの赤騎士相手に大立《おおた》ち回《まわ》りを演じていたのが、元王リースベック、その人だった。

持つだけでも大変な、重量級のバトルアックスを軽々と持ち上げ、右へ左へと自在《じざい》に振り下ろす。

何人もの赤騎士たちが尻餅《しりもち》をつき、そして吹っ飛んだ。

ただ、なぜなのか、絶対に致命傷《ちめいしょう》は与えられないらしく、何度倒れても、じきに起き上がってくる。

「おい、どういうことなのだ。やはり、チャールズの言っていたことは真実か⁉」

同じように、赤騎士たちとやりあっているエドワードにリースベックが声をかけた（というより、怒鳴《どな》りつけた）。

「わかりません！」

「おい、きさま。白状《はくじょう》せよ。きさまらの主人は誰《だれ》だ」

問いかけても、赤騎士たちは返事をするようすがない。

「面《めん》を取れ！」

そう言って、赤騎士のフルフェースのヘルメットに手をかけた。引き抜くようにして、ヘルメットを取り去る。

こ、こいつ……。

リースベックは背筋《せすじ》にゾクッと寒気《さむけ》が走った。

なぜなら……、そこにあるはずの首がなかったからだ。

首のない赤騎士は、のろのろとヘルメットを探し、頭にかぶった。

いや、頭があるべき部分に……。

「うわあああ!!」

階下で、悲鳴《ひめい》がした。

エドワードが駆《か》けつける。

何人かの黒騎士《きし》たちが階段を逃げ上ってきた。

「どうした、しっかりしろ!」

しかし、彼らは明らかに恐慌《きょうこう》状態にあった。わあわあと泣き出す者さえいる。

「おい!」

彼らの肩《かた》に手をかけようとして、エドワードはその手を引っこめた。

よく見ると、ブスブスとアーマーから煙《けむり》が上がっている。

「まずい。おい、アーマーを脱がせてやれ。グローブをはめてから注意してやれよ」

駆け寄ってきた他の黒騎士たちに命令すると、階段を駆け下りようとした。

その彼と階段の途中で鉢合《はちあ》わせしたのは、赤いローブをまとった魔道士《まどうし》だった。

さすがのエドワードも身がすくむ。

魔道士は、フードの下からのぞく皺《しわ》だらけの口の端《はし》を上げ、にやにやと笑いながらエドワードに迫《せま》っていった。

「通さんぞ!」

剣《けん》を持ち直すエドワード。しかし、魔道士は笑ったまま進んでいった。

「ふざけた真似《まね》を！」

いったん剣をひき、突き出した。

たしかに手応《てごた》えがあったはずだ。事実、剣は魔道士の胸に深々《ふかぶか》と突《つ》き刺《さ》さっている。

だが、魔道士はその剣をゆっくりと引き抜き、下に落とした。そして、金縛《かなしば》り状態になったエドワードの脇《わき》をすり抜けていった。

すぐに意識は蘇《よみがえ》った。しかし、体がどうしても動かない。

動かない指を見て、エドワードは愕然《がくぜん》とした。

金縛《パラライズ》りをかけられたのだ！

「リースベック様!!」

背後《はいご》で部下たちの声がする。

「ぎゃあああああ――――」

という、身も凍《こお》るような叫び声もした。同時にすさまじい炎《ほのお》も見えた。

「でえええ――――い！」

満身の力をこめ、エドワードは金縛り状態を精神力だけで脱出《だっしゅつ》した。

さほど魔力《まりょく》も強くなかったとみえ、金縛りはわりとあっけなく解《と》けた。

体が自由になったエドワードは、炎《ほのお》をよけ、三階へ戻《もど》った。

しかし、そこにはさらに信じられない光景があった。

壇上《だんじょう》で、リースベックが先ほどの魔道士《まどうし》の首根っこをつかみ、バトルアックスを突きつけていたのだ。

「おい、エドワード。こいつも人間じゃないぞ。こいつらの主人をしとめないことには、この戦いは終わらんようじゃ。そうじゃな？」

魔道士は、たまらんという顔でしきりにうなずいた。

「しかも、こいつら、王に用事があるようでな」

「王様に!?」

エドワードが聞き返すと、リースベックは魔道士の首をぐいぐいと締《し》めつけた。

「だよなぁ。さっき、きさま、そう聞いたよな。王はどこだ？　とか。偉《えら》そうに」

魔道士は答えることもできず、泣きそうな顔でヒューヒューと苦しげに息をしていた。

そのようすを見て、リースベックは苦々《にがにが》しい口調《くちょう》で言った。

「ふん。どうせこうしておっても、すぐに逃げ出すんじゃろ」

すると、魔道士はウンウンとうなずき、そして、本当にローブだけを残して消えてしまった。

そのローブを汚《きたな》いものでも触《さわ》るように、指先でつまみ上げてリースベックは言った。

「エドワード、わしらは、ここでしばらく時間稼《かせ》ぎをする必要があるようじゃな。王を守るためにも」

「そのようです」

エドワードは返事をしながら思った。

この元国王こそ、超人的《ちょうじんてき》だ！

STAGE 8

1

しかし、その頃《ころ》……。リースベックらの思惑《おもわく》をむなしくさせるできごとが起こっていた。

城内をふらふらと徘徊《はいかい》していた、あの魔道士《まどうし》三兄弟のうちの次男、コジー。センゼラブルに叱《しか》り飛《と》ばされたとはいえ、まともに戦いの場へと赴《おもむ》く気にはなれない。

王を探すふりをしながら適当に時間をつぶしておこうと、城内の見物がてら誰《だれ》もいない廊《ろう》下《か》をあてどなく歩き回っていた。

王の間の近くに来た時だった。

あの黒騎士《きし》と赤騎士、そしてオルバやランドたちが大立《おおた》ち回《まわ》りを演じていた大広間を見下ろすことのできる廊下だ。

ふんふふん……と、鼻歌《はなうた》混じりに大階段を下りようとした時、ふと何やら人の話し声がしたような気がした。

耳を澄《す》ましてみる。

どうやら壁《かべ》の向こうから聞こえてくるようだ。

キイキイとわめく高い女の声と、それをなだめるような男たちの声……。

コジーは、すぐにピンときた。

声にも聞き覚えがある。さっき自分がしとめ損《そこ》なった女の声に違いない。

なーるほど。こんなところに隠《かく》し部屋《べや》があったってわけか。

深い皺《しわ》の刻《きざ》まれた顔でにんまりと笑い、壁を注意深く点検《てんけん》していった。

思った通り、ドアのような切れ込みがある。壁の絵や壁紙の模様《もよう》でうまくごまかしてあったが、どう見ても隠《かく》し扉《とびら》だった。

ふふん。

どうしたもんだろう……。

コジーは頭のなかで計算を始めた。今、このままたったひとりで突入するつもりは最初からなかった。

ここにいるのが王たちだとすれば(十中八九当たりだろうが)、きっと護衛《ごえい》もたくさんついているだろうし。突入するときは、味方《みかた》を大勢連《つ》れて、自分は手をわずらわさない形で行くつもりだ。

それより、問題なのは、その知らせ方だ。

センゼラブルは、王を生《い》け贄《にえ》に捧《ささ》げる必要があると焦《あせ》っていた。

ここは、報酬《ほうしゅう》次第《しだい》で教えてやることにしたら、どうだ？

得意《とくい》の金勘定《かねかんじょう》を始めたコジーは、センゼラブルのいる北の塔《とう》へ戻《もど》りながら、もらってもいない大金を手にした気分で、にやにや笑いが止まらなくなっていた。

＊＊＊

一方、例の赤騎士《きし》たちの団体を室内用の馬場《ばば》へ閉《と》じこめるという、オルバやランド、スベン・ジーセンたちの作戦も困窮《こんきゅう》していた。

いったんは赤騎士全員を閉じこめることに成功したのだが、すぐに彼らが窓やドアを蹴破《けやぶ》って出てきてしまったからだ。

「阻止《そし》しろ!!」

スベン・ジーセンの声が空《むな》しく響く。

いくら出てこようとするところを叩《たた》いても、また別の場所が破られる。

「すっげー。あいつら、根性《こんじょう》あんなぁ」

ランドが感心したように言う。

余裕《よゆう》のある口調《くちょう》ではあったが、顔色も悪く、立っているのがやっとという状態だった。

いや、ランドだけではない。

さすがのオルバも疲労《ひろう》の色が濃《こ》い。黒騎士《きし》たちも動きが鈍《にぶ》くなってきていた。

そこへ次々に馬場《ばば》から出てくる赤騎士たちが襲《おそ》いかかってくる。

「でぇえい！　しつけぇやつだな」

オルバが飛びかかってきた赤騎士をなぎ払う。

しかし、ドンと前に倒れたものの、すぐにまた起き上がってオルバに迫《せま》ってきた。

そのようすを見て、オルバは初めて恐怖《きょうふ》を感じた。

まるで、終わらない悪夢《あくむ》のようだ……。

その時、赤騎士の攻撃をすんででかわしたランドがオルバの腕《うで》のなかに倒れこんできた。

「おい！」

呼びかけたが、彼は真《ま》っ青《さお》な顔で目を閉《と》じたままつぶやいた。

「ちっと…辛《つら》く……なってきた」

冷たい雨はまだまだやみそうにない。しかし、冷え切っているはずの、腕のなかのランドの体は燃えるように熱かった。

オルバは長年の経験から、へたをすると、命さえ危《あぶ》ない状態だというのがわかる。

しかし、そうしている間も赤騎士たちが飛びかかってくる。

見れば、頼《たよ》りのスベンも怪我《けが》の具合がよくないのだろう。動きが彼らしくない。

オルバはランドの体を支《ささ》えながら、暗澹《あんたん》たる思いに駆《か》られていた。

このままじゃ……じきに全員、倒れるぞ。

2

チャールズ王子とデュアンは、マントを身にまとい、できるだけ足音をたてないようにと注意しながら城のなかを駆け足で移動していた。

敵に悟《さと》られたくないから、まだランタンは点《つ》けられない。ところどころに灯《とも》された松明《たいまつ》の火だけが頼り。チャールズが案内してくれなかったら、とてもまともには歩けなかっただろうとデュアンは思った。

その上、まだまだ雨は激《はげ》しい。マントを着ていてもなお、寒さは指先を凍《こお》らせるほど厳《きび》しかった。

まずは、チャールズの言う渡《わた》り廊下《ろうか》のほうへ行く。

ここに赤騎士たちがいなければ、そのまま濡《ぬ》れずにかなりの距離を稼《かせ》ぐことができる。

もしも、見張りがいた場合は、高い垣根《かきね》を越えなくてはいけない。この嵐《あらし》のなか、垣根を越えていくことなど、デュアンにだってできるかどうか危ないところだ。それをいかにもひ弱そうなこの王子にできるのだろうか？

　いくら非常時とはいえ、無理《むり》はさせたくない。

　できれば、そのルートは通りたくないな。

　デュアンは早足で歩きながら、そう願った。

　しかし、その渡《わた》り廊下《ろうか》に行く途中、デュアンたちは不思議な集団に出くわした。

　最初はまた敵なのかとぎょっとした。

　しかし、五、六人の男たちは立派《りっぱ》な身なりをしていたが、お互《たが》いに不安そうな顔でガタガタと震《ふる》え、柱の陰《かげ》に身を寄せ合っていた。

　ぷくぷくと太った、頭の薄《うす》い貴族風《きぞくふう》の男がひとり。それ以外は、軍服が似合いそうな体格のよい連中だ。

　デュアンが立ちすくんでいると、チャールズが彼らに呼びかけた。

「あなたがた、シュナイダーの部下でしょう？　それに、あなた……シムル卿《きょう》なのでは？」

　呼びかけられた彼らは、青い顔のまま夢遊《むゆう》病者のように目をうつろにさせ、何度かうなずいた。チャールズを見ても、彼が誰《だれ》なのかわからないようすだ。怯《おび》えきった目で、おどおどとしている。

「センゼラブルに操《あやつ》られてたんだな……」

チャールズがつぶやいた。

「そのコントロールが薄れてきたわけですね」

デュアンも、彼らを痛々《いたいた》しく見て言った。

センゼラブルは人心をコントロールする術《じゅつ》に長《た》けていると書いてあったが、一時でも心のなかをいじくられた者がどんなにダメージを受けるのか……。デュアンは彼らを見て、その術がいかに残酷《ざんこく》なものであるかを思い知った。

「どうしよう……。見捨てておくわけにもいかないな」

と、困りきった顔のチャールズ。

しかし、デュアンは心を鬼《おに》にして言った。

「チャールズ様、今は、彼らのことよりもまずセンゼラブルを一刻《いっこく》も早く封印《ふういん》することです。このまま置いておくのはたしかに心許《こころもと》ないですが、だからといって彼らを安全な場所まで連れていくなど、わたしたちにはできませんし、そんな余裕《よゆう》もありません」

「そう……だな……」

チャールズはこっくりとうなずいた。

心残りなのだろう。シムル卿たちのほうを何度か振り返りながら、その場を立ち去った。

彼らのためにも、早くセンゼラブルを封印しなくっちゃ！

やつの力が本当に戻《もど》ってしまったら、大変なことになってしまう。センゼラブルでさえ、これだけの力があるのだ。本物の魔王《まおう》を呼び出されてしまったら……。

デュアンは悪い予感《よかん》に、首をブルッと震《ふる》わせた。

まずは渡《わた》り廊下《ろうか》。敵の姿がないことを祈《いの》った。

3

だがしかし……。デュアンの祈りは通じなかった。

赤々と松明《たいまつ》が灯《とも》されており、各所に赤騎士《きし》たちの姿が見えた。

見る見る青ざめていく王子の顔を横目で見て、デュアンは静かに言った。

「残念ながら、ここのルートは使えそうにないですね。他《ほか》はもっと使えないわけだし。では、その垣根《かきね》のルートを教えてください」

王子を励《はげ》まし、来た道を戻る。

「あそこだよ」

チャールズが指さした先……。

暗《くら》くよどむ森のような、または黒々とした城壁《じようへき》のようなものがそびえ立っていた。

「……あ、あそこを登るんですか?」

思わず口ごもってしまい、デュアンは胸のなかで舌打《したう》ちをした。自分が怖《お》じ気《け》づいてどうするんだ!

しかし、後悔《こうかい》したときにはすでに遅《おそ》かった。

「……や……っぱり無理《むり》だよね……」

すっかりやる気をなくした王子が、その場にへたりこんでしまったのである。

見ると、半分泣き出しそうな顔をしている。がたがたと震《ふる》えているのは、寒さのせいだけではないだろう。

そりゃそうだ。周《まわ》りは恐《おそ》ろしい敵ばかり。しかも魔物《まもの》だという。雨も風も激《はげ》しくて、体は芯《しん》から冷《ひ》えていく。

まだ年端《としは》もいかない、いつも側近《そっきん》たちにかしずかれる生活……。何不自由なく暮《く》らしてきた王子には、この状況、あまりに過酷《かこく》ではないか。そのほっそりした肩《かた》にかかった責任は、あまりに重すぎやしないか。

不思議《ふしぎ》な感情だった。

暗く冷たい廊下に、ふたりで黙《だま》りこんでいるうち、デュアンはチャールズのことが自分の弟のように思えてならなかった。

胸の底から熱いものがわき上がってくる。

この人を助けなくては！

そう思うだけで、デュアンは胸がいっぱいになっていた。

「チャールズ様……」

チャールズの隣《となり》にしゃがみ、彼の手を握《にぎ》りしめた。

思った通り、氷のような指だった。

「いいですか。わたしたちは、これからわたしたちにできる最善のことをしましょう。もちろん、できないことだってあります。その時には別の方法を考えればすむことです。自信をもってください。わたしは、精一杯《せいいっぱい》あなたをお守りすることを誓《ちか》います」

心をこめて言った。

それが通じたのかもしれない。

チャールズは口答えもせずにデュアンの言葉を聞いていた。

そして、まるで不思議《ふしぎ》なものでも見るようにデュアンを見ていたが、やがてゆっくりとうなずいた。

鼻をすすり、そして、デュアンの手にしっかりとつかまり立ち上がった。

「じゃ、行きますよ！」

デュアンが言うと、

「わかった!!」

チャールズも少し元気を取《と》り戻《もど》した声で答えた。

意を決して、雨のなかに飛び出していくふたり。

目も開けていられないほど叩《たた》きつけるように降る雨。ふたりとも、あっという間にずぶ濡《ぬ》れになってしまった。

「チャールズ様!」

「だいじょうぶだよ。デュアン、こっち。こっちから行くと近い」

「わかりました! 足下《あしもと》、お気をつけください!」

お互《たが》いを支《ささ》え合《あ》いながら、風に逆《さか》らうようにして歩く。

あと少しで垣根《かきね》の下……というとき。

ピカッと稲光《いなびかり》がして、間もなくドドーンと地面を揺《ゆ》るがすような雷鳴《らいめい》が轟《とどろ》いた。

チャールズは目を閉《と》じ、ぎゅーっとデュアンにしがみつく。

その肩《かた》をしっかりと抱きかかえ、デュアンは重くなったマントをひきずり、垣根を目指《めざ》して歩きだそうとした。

しかし、その時、何か嫌《いや》なものを見たような気がして立ち止まった。

振り返って見る。

さっきの稲光《いなびかり》のなか、浮かび上がって見えたのは……⁉

目を凝《こ》らして見る。

やはりそうだった。

チャールズも気づいたようだった。

土砂降《どしゃぶ》りの雨のなか、なぜかひとりだけ赤騎士《きし》が立っていたのだ。

4

彼は、まだデュアンたちに気づいてはいないようすだった。

どうする？

チャールズがデュアンの腕《うで》にしがみつく。

このままやつに悟《さと》られずに垣根《かきね》を登ることは難しい。かといって、今、この状況で彼を相手にチャンバラをするのもあまりに分《ぶ》が悪い。

デュアンが持っているのはショートソード。赤騎士が両手で持っているのは、破壊力《はかいりょく》だけはすさまじくありそうなバトルアックスだ。

それに、彼に悟られてしまい、戦いにでもなったら、他の赤騎士たちが詰めかけるだろう。

そうなったら最悪だ。

デュアンはリュックからロープを取り出して、チャールズに手渡《てわた》した。

不思議そうに見上げるチャールズにデュアンは言った。

「わたしが背後《はいご》からやつの首に飛びつきます。あのばかでかいアックスが危険だけど……でも、あれを反対に利用して羽交《はが》い締《じ》めにできるんじゃないかな。チャールズ様、そこをこのロープで縛《しば》ってください」

「そ、そんなこと、できっこないよ。だいたい、君にやつを押さえておくことなんてできるの?」

「不意《ふい》をつけばなんとかなりますよ。さっきも言った通り……」

デュアンが言いかけると、チャールズはそれを制して言った。

「ぼくらにできる最善のことをするってことだろ?」

デュアンはにっこり笑って答えた。

「はい。そのとおりです」

この場合、雨と風が幸いした。赤騎士はデュアンが飛びかかるまで、まったくその気配《けはい》を察《さっ》することができなかったのだ。

死んだ気になるとは、まさにこの時のデュアンとチャールズの心境《しんきょう》だろう。

特にチャールズは、これほど緊張《きんちょう》したこともなかったし、これほど満身《まんしん》の力をこめたこともなかった。

デュアンが背後《はいご》から赤騎士《きし》に飛びつき、バトルアックスで喉《のど》を締《し》めつける。

「チャールズ様！」

という声に、とにかく無我夢中《むがむちゅう》で赤騎士を縛《しば》り、ロープを引《ひ》き絞《しぼ》った。

しかし、再度《さいど》デュアンの声を聞き、我に返った。

「チャールズ様！　ほら、見てください!!」

滝《たき》のように打ちつける雨を頭上に受けながら、デュアンが叫ぶ。

デュアンはバトルアックスで赤騎士の首を押さえつけているはず……だったのだが。その首の上……つまり頭が見当たらなかった。

赤騎士は頭のないまま、デュアンに押さえられ、チャールズにロープで縛りつけられ、立《た》ち往生《おうじょう》していた。

そのすきに、デュアンはバトルアックスを取り上げ、地面に投げ捨てた。

「チャールズ様、こいつを倒してしまいましょう。それからこいつのブーツを取ってしまいます。手伝ってください!!」

「え??」

一瞬《いっしゅん》、何を言われたかわからなかったチャールズだが、すぐにデュアンの意図《いと》することがわかり、にやっと笑って指を立てた。

「ラジャ!!」

頭を失ったままの赤騎士をふたりでドーンと押し倒した。

そうしておいて、今度はブーツに取りかかった。

ジタバタする足を押さえつけ、ブーツを取るのはかなり困難だった。雨で手も滑《すべ》る。

しかし、不思議《ふしぎ》なことに、もうふたりには雨も風も寒さも関係なかった。とにかく必死にブーツを引っ張った。

やっとのことで、スポンとブーツが抜けた時には、思わずふたりして歓声《かんせい》をあげ、抱き合った。

デュアンたちが思ったとおり、ブーツの中身は空《から》だった。つまり、赤騎士はいきなり両足を失ったというわけだ。

これで、歩くこともできない。

「これ、どうする?」

片方のブーツを持ったチャールズが聞くと、もう片方のブーツを持ったデュアンは、

「こうでもしておけばいいんじゃないですか?」

と、力一杯《ちからいっぱい》遠くへ投げつけた。

「そうだね！」

チャールズも思いっきり投げた。

彼の投げたブーツはそれほど遠くには飛ばなかったが、それでも赤騎士《きし》の手の届《とど》く場所ではなかった。

ふたりとも、おかしくてたまらなくなった。

どちらからともなく笑いだし、肩《かた》を叩《たた》き合《あ》って笑った。

ずぶ濡《ぬ》れになりながら笑っている光景は、ずいぶんと異様《いよう》だろうなぁとデュアンは笑いながら思った。

深呼吸して、デュアンは言った。

「では、次はこの垣根《かきね》です。チャールズ様、ロープをください」

不思議《ふしぎ》なもので。

今やふたりとも、この高い高い垣根でさえ、何とかなりそうだぞという気になっていた。

5

普通の壁《かべ》とは違い、いたるところに足がかり手がかりがあるので、比較的登りやすい。

その上、かなり頑丈《がんじょう》に枝が編《あ》みこまれたような状態の……ほとんど壁ともいっていい垣根だったから、足場もそれほど悪いわけではない。

これだったら、本当にうまくいきそうだ。

デュアンはそう思いながら最初に登った。

しかし、登り始めると、その高さにうんざりした。相変《あいか》わらずの雨にも。

短く刈《か》り込《こ》まれた枝が無数にあって、それをつかむだけで手の平や腕《うで》が傷だらけになる。

チャールズの分だけでも、手袋《てぶくろ》があればよかったとデュアンは登りながら思った。

それでもまぁ、なんとか一番上まで行くと、一番太い木の幹《みき》にロープをかけ、その端《はし》をチャールズのほうに垂《た》らした。

こんな時は淡々《たんたん》と、ただ事務的にこなすことだ。

一息ついたり、下を見下ろしたり……無駄《むだ》なことはするもんじゃない。

「そのロープを自分の腰《こし》にしっかり結《ゆ》わえつけてください！　ぼくがひっぱりあげますから、あなたもロープを持って、登ってきてください」

声をかけた。暗《くら》くて顔は見えないけれど、デュアンには不安そうなチャールズの白い顔が思い浮かんだ。

ずっしりとロープに体重がかかる。

きっと華奢《きゃしゃ》な王子のことだ。40キロくらいしかないだろうが、それでもかなりの重量だ。

それを必死にたぐり寄せながら、自分が足場からずり落ちないように踏《ふ》ん張《ば》った。

チャールズも懸命《けんめい》に垣根《かきね》を登ってきているのがわかる。

「がんばってください！　もうすぐです!!」

何度となく声をかけながら、歯を食いしばった。

途方《とほう》もなく長い時間をそうしていたような気がする反面、無我夢中《むがむちゅう》だったのであっという間だった気もする。

伸《の》ばした手に、ようやく王子の細い指が触《ふ》れた時には、心底《しんそこ》うれしかった。

しっかりと握《にぎ》りしめたとき、チャールズがギュッと握り返してきたのが、さらにうれしかった。

最後は抱《かか》えるようにして、垣根の上に引き上げる。

お互《たが》いに顔を見合わせ、また笑った。

「じゃ、今度は先にチャールズ様から降りてください。今と同じように、ここでわたしがロープを持っていますから」

登るより降りるほうが何倍も楽だ。

チャールズを無事下ろすことができた後、デュアンが続いて降り立った。

「ランタン点《つ》けてもいいんじゃない？　もう敵の目からは見えないと思うよ」

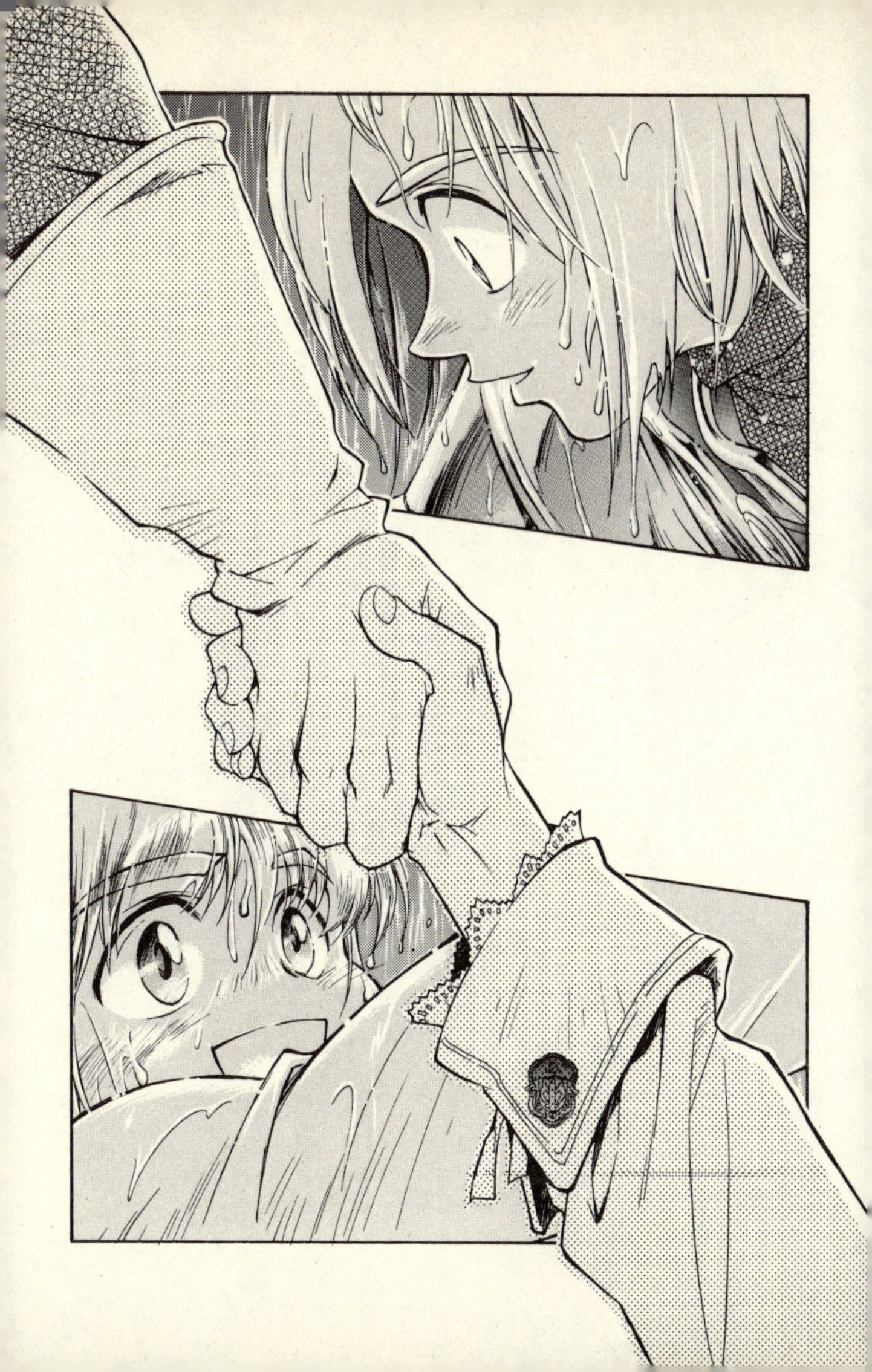

チャールズに言われてランタンを点《つ》ける。

ローレンが自慢《じまん》していた通り、雨のなかでもよく見渡《みわた》せるほどに明るい。

ふたりの目の前には、まるで町並みの一部分のような民家が建ち並んでいた。石畳《いしだたみ》の細い道もあるし、花壇《かだん》もある。家の外には農作業の道具や荷車《にぐるま》をたてかけてあったりして、まさかすぐ近くで黒騎士《きし》と赤騎士が剣《けん》の音すさまじく戦闘真《せんとうま》っ盛《さか》りだとは、とても想像できない。

「こっちだよ」

チャールズに案内してもらって、石畳の道を走った。

同じような民家を何軒《なんけん》か通り過ぎた後、彼は立ち止まった。

「たぶん、ここだったと思う。暗《くら》いし、みんな同じに見えるから……自信ないけど」

「まあ、入ってみて違えば、別を捜《さが》せばいいことです。それに、誰《だれ》か人がいるでしょう」

デュアンに言われ、チャールズはそれもそうだなとうなずいた。

「誰かいますかー!? こんばんはー!!」

玄関《げんかん》からなかに入り、大声で呼びかけた。真っ暗な室内をランタンで照らす。

最初、誰もいないのかと思った。

しかし、しばらく家のなかを捜索《そうさく》していると、奥のほうでガタッと音がした。

デュアンとチャールズは顔を見合わせた。

奥は、狭《せま》い寝室《しんしつ》になっていた。

「誰かいるのか？」

チャールズが声をかけてみると、ガタガタと音をたてながら部屋の奥から年老《としお》いた男が飛び出した。

「うわあ！」

突然《とつぜん》のことで、びっくりするふたりの前に、男もやはりびっくりした顔でハァハァと荒い息をさせて立ちつくしていた。

「王子様……」

やっとのことで男はそう言うと、今度は急に泣き出してしまった。

彼は宮廷《きゅうてい》付きの庭師《にわし》だった。

「おい、どうしたんだ。泣いてないで。それより聞きたいことがあるんだけど。あの犬の像《ぞう》なんだけど、見つからない？　まだ」

チャールズが畳《たた》みかけるように言ったが、男はおいおいと泣《な》き崩《くず》れるばかり。

「泣いてちゃわかんないだろ!?」

いらいらした口調《くちょう》で言った時だった。

もうひとり、十歳くらいの少女が現れ、老人の前に立った。

「おじいちゃんをいじめないで！　あなた、王子様でしょ？　見たことあるもん。あたしたち、すっごく怖《こわ》かったんだから。お城、どうなっちゃったの？　大人《おとな》たち、噂《うわさ》してたよ。王様とシュナイダー様がついに喧嘩《けんか》を始めたんだって。みんな逃げ出す準備をしてるよ。街《まち》のほうも大変な騒《さわ》ぎだって。でも、おじいちゃん、体の具合悪いから、そんな無理《むり》はさせられないもん。ねぇ、お願いだからあたしたちのこと、巻きこまないでよ！」

これだけのことを言うと、少女は真っ赤な顔で口を真一文字《まいちもんじ》に結んだ。

おさげにした茶色の髪《かみ》も、硬《かた》く握《にぎ》りしめた指も小刻《こきざ》みに震《ふる》えている。

チャールズはというと、ショックを受けたように立ちつくし言葉を失っていた。

デュアンは、少女が少し落ち着くまで待った。そして、彼女の前にしゃがみ、彼女の顔を見上げた。

少女は、真一文字に口を結んだままだったが、もう震えてはいなかった。

デュアンを不思議《ふしぎ》そうに見下ろしていた。

デュアンはにっこり笑いかけ、

「ぼく、デュアン・サーク。冒険中《ぼうけんちゅう》の身なんだけど、今はチャールズ様のお手伝いをしているんだ」

と、まずは自己紹介《じこしょうかい》をした。

少女は不思議そうな顔のままじっと聞いていた。

「でね。今、たしかに君が言うようにお城のなかは大変なことになっている。戦場になってる。それに、最初はやっぱり君が言ったように、王様とシュナイダー様の争《あらそ》いかと思われてたんだ。でも、そうじゃないことにチャールズ様が気づかれたんだ」

少女はもっと不思議そうに首を傾《かし》げた。

デュアンがどうして自分なんかにそんなくわしい説明を始めたのかがわからなかったからだ。

デュアンは続けた。

「君のおじいさんがね、中庭で犬の像《ぞう》を見つけたそうなんだけど、君知ってる？」

少女は首を横に振った。

「そっか……。実は、その像のことで、今度の騒動《そうどう》が起こったらしいんだよ」

「じゃ、おじいちゃんのせいなの？　で、おにいちゃんたち、おじいちゃんを連《つ》れていこうっていうの？」

少女は目をいっぱいに見開き、へたりこんだままの老人をかばうように手を広げた。

デュアンはあわてて手を振った。

「違うよ違うよ。そうじゃないって。だって、あの像を動かすように命じたのは王妃様《おうひさま》だって聞いてるし」

　すると、今度は後ろの老人が何度もうなずいて言った。

「はい、そうでございます」

　そこで今度は、老人のほうを向いて話しかけた。

「安心してください。そのことは、チャールズ様もご存《ぞん》じですよ。とにかく、あの像《ぞう》をどかしたことが原因で、困ったことになってしまったようです」

「や、やはり祟《たた》りがあったのでしょうか!?」

　青い顔で老人が尋《たず》ねる。

　デュアンは少し笑って言った。

「さあ。祟りってのとは少し違うと思いますけど。とにかく、元の状態に戻《もど》すには、あの犬の像が必要なんです。だから、ここまでチャールズ様といっしょに来たわけです。チャールズ様はあなたに像を探すよう、頼《たの》んだと言ってらっしゃるんですけど……」

　すると、老人はあわてて立ち上がった。

「はい。つい先日、見つかったのでございます。ただ、あまりに気味《きみ》が悪く汚《きたな》らしいものだったので、きれいに洗ってからお持ちしようと思い……裏《うら》の物置《ものおき》小屋に置いたままになっております!!」

デュアンとチャールズは顔を見合わせ、そしてうなずきあった。

6

デュアンとチャールズは、犬の像を持ち、来た道を急いで帰った。

犬の像は、庭師《にわし》が言った通り古ぼけた物置の隅《すみ》に置かれていた。半分が女、半分が男という奇妙《きみょう》な人間の顔をした犬で、地面に座りこむようなポーズをしていた。

庭師にもらった布でくるみ、デュアンが背負《せお》っているリュックのなかに入れた。ずっしりと重く、肩《かた》に食いこんできた。

しかし、幸いなことに、道中《どうちゅう》敵の誰《だれ》にも会わないですんだ。

「チャールズ様、書庫《しょこ》へ行く前にこの濡《ぬ》れた服を着替《きが》えておきましょう。風邪《かぜ》を引きます」

デュアンが言うと、チャールズは一も二もなく賛成した。

「うわぁ、あったかい！」

「生き返る!!」

王子の部屋は、ローレンが気をきかせて火を入れ暖めてくれていた。芯《しん》まで冷《ひ》え切《き》った体が解《ほぐ》されていくようだ。

ふたりして、しばし暖炉《だんろ》の前にしゃがみこみ、暖をとった。

しかし、そうはのんびりしていられない。

「えーっと、替《か》えの服はどこなんでしょうか？」

「さ、さぁ……ぼくはわからないけど」

マントがあった場所だろうと見当をつけ、デュアンが奥の衣装《いしょう》部屋で捜《さが》していると、ドアが急に開いた。

「誰《だれ》だ!?」

暖炉《だんろ》の前でくつろいでいた王子が立ち上がる。

デュアンも急いで部屋へ戻《もど》った。

そこには驚《おどろ》いた顔のローレンが立っていた。

「チャールズ様!!　よくぞご無事で……」

「ああ、今、戻ったところだ。着替えをして、それから書庫《しょこ》へ行こうと思ったんだけど。アニエスはどうしてる？　本は見つかったの？」

「い、いえ……それが……」

ローレンは口ごもった。しかし、すぐに顔を上げた。

「いえいえ、もちろんアニエス様はお元気で今も本を探していらっしゃいますよ。ただ、なかなかの難事業でして……。とにかくお着替えを手伝います。ささ、デュアン様も」

真新しい服を着て、チャールズもデュアンも、見る見る元気がわいてきた。

濡《ぬ》れて氷のようだった体もポカポカと暖かくなってきた。

「ああ、濡れてない服を着るって、本当に幸せだな」

チャールズがしみじみと言うのを聞いて、デュアンは微笑《ほほえ》んだ。

「あ！　デュアン。よく似合《にあ》うよ！」

チャールズに言われ、デュアンは顔を赤くした。

王子にはまだ大きいサイズの服をローレンが選んでくれたのだが、白いひらひらレースのついたブラウスに、黒いビロードのズボンと白いタイツ、ズボンと共布《ともぎれ》の上着は腰まで隠《かく》れる丈《たけ》の長いもの。すっかり貴族《きぞく》の青年という出《い》で立《た》ちだ。

「本当に、よくお似合いでございます。さて、アーマーはどうされますか？」

「えーっと……いや、これから本を探すわけだし。動きにくいと困るので着けないでおきますよ。ショートソードは下げておきますが」

「なるほど。では、お急ぎください。書庫に、アニエス様だけなのでございます！」

と、言うローレンにチャールズは小首を傾《かし》げた。

「ねぇ、ところでローレンは何をしに、ここへ戻ったの？」

そう言われ、ローレンはハッとした顔になった。

「いけません！　そうでした。アニエス様に、何か食べる物をと言われ、こちらへ戻《もど》ったのでした。チャールズ様もおなかがお空《す》きでしょう？」

そう言われてみれば、デュアンも丸一日ほとんど何も食べていない。

すると、思い出したように、デュアンとチャールズの腹が同時に鳴った。

ふたり、顔を見合わせ、げらげらと笑い出した。

そのようすを見て、ローレンは「おやおや」という顔で言った。

「この部屋にも少しの食料ならば用意しております。クッキーやチョコレートといったお菓子類になりますが……。ちょっとお待ちください。すぐに用意いたしますから」

「わかったよ。しっかし、おなかが空いたなんて、すっかり忘れてたよ。そういうところ、アニエスって面白《おもしろ》いよね」

チャールズが言うと、デュアンも「たしかに」と言って笑った。

「まぁ、でもそれは正しいんです。空腹《くうふく》だといい考えも浮かばないし、力も出ませんからね。腹が減っては戦《いくさ》はできぬ。冒険《ぼうけん》の基本です」

「ふうーん」

「それに、アニエスはそういうところ、しっかりしてるっていうか……、基本的に強い女性ですね。お姫様《ひめさま》だけど、芯《しん》のある、なかなかくじけない人です。反面、わりともろい部分もあるし、性格も素直なんだけど。ま、そこがかわいいのかな?」

デュアンの言葉をふんふんと聞いていたチャールズは、にやっと笑って言った。

「デュアン、アニエスのことが好きなんだね」

これには、デュアン。目をパチクリさせた。

「え⁇　あ……はぁあ⁇」

「いいよ。そんなにごまかさなくたって。そりゃ、ぼくもアニエスのことは好きだよ。小さい頃《ころ》から。でも、ぼくよりデュアンのほうがお似合《にあ》いだって思う。さっきまでは、こんな弱そうな男、絶対アニエスには向いてないって思ってたけどさ。今は、ぼく、デュアンの味方《みかた》だから!　応援するよ」

チャールズは自分の思いつきが楽しくてしかたないらしく、デュアンの肩《かた》をポンポンと叩《たた》いた。

デュアンは頭のなか、クエスチョンマークでいっぱいになっていた。

本当に、ぼくはアニエスのこと、好きなんだろうか⁇

そりゃあ、嫌《きら》いじゃないけど。尊敬《そんけい》してるし。

アニエス、かわいいしな。

……と、突然《とつぜん》、デュアンの頭のなかに、アニエスがとっておきの笑顔でデュアンに笑いかける図がボンッ！　と浮かんできた。

それに、細い腰《こし》とふわふわと柔《やわ》らかな……。

うう、ブルブルブルッ!!

あわてて首を振る。

「今回のことが無事終わったら、ぼく、アニエスに気持ちを聞いてあげてもいいよ。うん、そうだ。そうしたほうがいいよ。お互《たが》い、気持ちを確かめ合わないと」

すっかりキューピッド気取《きど》りのチャールズは、勝手《かって》に盛《も》り上《あ》がっている。

デュアンはとんでもない！　と、手を振った。

「や、やめてくださいよ!!　あ、あのですねぇ。ぼくら、……いや、わたしたちはそんな関係じゃないんです。ただの冒険者《ぼうけんしゃ》仲間っていうだけで。今までほんとにいろいろ大変だったし。……って、今も大変なんですけどね。それに相手は王女様じゃないですか。身分違いもいいとこです」

「そんなの、愛の前には何の障害にもならないさ。だって、アニエスは冒険者になったんだろ？　王女かもしれないけど、デュアンと同じ冒険者でもあるんだよ」

「い、いやぁー……というか。それはいいとしても、第一、アニエスには他《ほか》に好きな人がいるんですよ!!」

思わずそう言ってしまって、デュアンはハッと口を押さえた。

チャールズはキョトンとした顔。

「誰《だれ》？　それって。ぼくも知ってる人⁇」

デュアンは観念《かんねん》した口調《くちょう》で言った。

「……は、はい。でも、いいですか？　絶対にアニエスにもその人にも言っちゃだめですよ！」

チャールズは途端《とたん》、目を輝かせた。

「わかった‼　あの人だろ。クレイ・ジュダ。彼なんだろ⁇」

「そうです……」

やっぱり、誰にもそれくらいわかるんだろうなぁ。

最初は、あまりに急だったから、びっくりしたけど。でも、あの人と一緒《いっしょ》にいれば、誰だってそういう気持ちになると思う。自分だって、男だけど、憧《あこが》れちゃうっていうか、尊敬《そんけい》するもんな。あんだけかっこいいと。

などと思っているデュアンの背中に、チャールズは手をかけた。

「そっかぁ……あの人なら仕方《しかた》ないよね。うん……彼じゃあ、太刀打《たちう》ちできないよ。デュアン、かわいそうだけど。君と彼とじゃあね……」

別にとりたててアニエスのことを恋《こ》い焦《こ》がれていたわけじゃないデュアンだったから、そう言われてもピンとこないはずなのだが。

それにしても、妙《みょう》にがっくりしてしまった。

そりゃなあ。

レベル3のぼくとあの人を比べるってのは、そりゃあんまり酷《こく》ってもんだと思う。

しょんぼりしてしまったデュアンを見て、チャールズは失恋《しつれん》のためだろうと勝手《かって》に解釈し、

「元気出してよ、デュアン。何だったら、ぼくが貴族《きぞく》の女の子たちを紹介《しょうかい》してあげるからさ」

と、慰《なぐさ》めてくれた。

何とも言えない気持ちだったが、貴族の女の子というのにも、興味《きょうみ》が全然《ぜんぜん》ない……というわけでもないデュアンであった。

7

「残るは本だけです!」

「そうだな。早く探さないと……」

「そうですね!」

すっかり意気投合《いきとうごう》したふたりと夜食をバスケットいっぱいに詰めこんだローレンは、アニエスが孤軍奮闘《こぐんふんとう》している書庫《しょこ》へと向かった。

重い扉《とびら》を開け、なかに入ると、古い書物のかび臭《くさ》いような匂《にお》いが鼻についた。

暗《くら》い部屋にちらちらと明かりが見える。

アニエスがいるんだろう。

声をかけようと口を開いた時、彼女のブツブツいう声が聞こえてきた。

「んもー！　どこにあるのよ、そんな本!!　あーぁ、もう、おなかもすいたし。泣きたいわよ、まったく……。ほら、チェック、眠《ねむ》っちゃやだめぇ！」

デュアンとチャールズは思わず顔を見合わせる。

「アニエス！」

チャールズが声をかけると、彼女はびっくりした顔で振り返った。

彼女の横にいたチェックも、大きな目をさらに大きくしていた。

ふたり（ひとりと一匹）は、大急ぎでチャールズのほうに駆《か》け寄《よ》った。

「大変だったでしょ。あったの？　犬の像《ぞう》は」

「ああ、もちろんあったさ」

「今、どこにあるの？」

「デュアンが持ってる」

「へぇー！　見たいわ。どんなの？」

アニエスはチャールズの後ろにいるデュアンを見て驚《おどろ》いた。

「あーら、着替《きが》えたのね。すっかり見違えたじゃないの。それだったら、貴族《きぞく》だと言っても通用するわ」

「そっかな」

まんざらでもない顔でデュアンが言うと、

「ま、そんなことはどうでもいいんだけど。ねぇ、犬の像《ぞう》っての、見せてよ」

どうでもいい……ねぇ。

内心、ちょっとだけこけたデュアンだったが、すぐにリュックから像を取り出して見せてやった。

もちろん、興味津々《きょうみしんしん》、チェックも首をつっこむ。

「ふぅーん、これがねぇ。何だか気味《きみ》が悪いけど……、でも、これと本とでどうやって封印《ふういん》するんだろう。わたしね。本を探しながらずーっとそれ考えてたの」

「そうだね。でも、もしかしたらその本に書いてあるんじゃない？　だって、『本』だからねぇ。あ、あの偽物《にせもの》の本っていうか……外側だけの本は？」

「ああ、これよ」

アニエスから例の本を受け取ったデュアンは、

「君、こっちの本棚《ほんだな》、まだ見てないよね？」

と言って、早速《さっそく》本棚を調べ始めた。

「こっちの本棚もまだだね？」

チャールズも同じように別の本棚を調べだした。

険悪《けんあく》っぽかったのに、すっかりいい感じじゃない？

黙々《もくもく》と作業を始めたふたりを見て、アニエスは「へぇー」と感心した。

その背中にローレンが声をかけた。

「アニエス様、こんなものしかございませんがお召《め》し上《あ》がりください」

バスケットのなかには、おいしそうなお菓子がいっぱい詰まっている。

「これこれ。腹がすいては夢《ゆめ》は見れぬってね！」

うれしそうに手を伸《の》ばす。

それを聞いて、チャールズが言った。

「アニエス、それを言うなら『戦《いくさ》はできぬ』だろ？」

キョトンとした顔のアニエス。

った。


「え？ そうだっけ??」

「そうだよ」

チャールズの代わりにデュアンも言って、彼らは顔を見合わせて笑った。

アニエスはますます目を丸くして、「ま、どっちでもいいんだけどね」と、お菓子を頬張《ほおば》った。

上品なバニラの匂《にお》いが口中に広がる。

チェックも小さな手でお菓子を持ち、ガツガツと頬張り始めた。

「はい、こちらに温かなミルクティーも用意してございますから」

ローレンはせっせとお茶をいれ、三人のために温めておいたカップに注いだ。

しかし、アニエス以外は本探しに夢中で、お茶を飲む余裕《よゆう》などなかった。

自分たちがこうしている間にも、たくさんの人たちが不安な夜をじっと堪《た》え忍《しの》んでいるのだ……。

無事、目的の物を見つけ、城に戻《もど》ってこれたという安心感から、つい気がゆるみ、軽口《かるくち》さえ叩《たた》く余裕《よゆう》を見せた彼らだったが、本を探すという仕事を始めると、再《ふたた》びさっきまでの緊《きん》張感《ちょうかん》が戻ってきていた。

特に、あの庭師《にわし》の家で会った、庭師とその孫の怯《おび》えたようすを思い出していた。

早く彼らを安心させてあげなくっちゃ。

口には出さなかったが、デュアンとチャールズは同じことを考えていたのである。

彼らのようすを見ていたアニエスも、お茶を置いて再《ふたた》び本探しに戻《もど》った。ローレンも、黙《だま》ってそれに続いた。


しかし、それでもなお、この書庫《しょこ》の膨大《ぼうだい》な本の数は彼らの前に立ちはだかった第二の壁《かべ》とも言える。しかも、ずいぶんと年季《ねんき》の入った古書ばかりなので、どれも同じように見えた。

そして、もっとも効果的な捜索《そうさく》方法が、全員でしらみつぶしに探すという、もっとも地道《じみち》な方法なのだ。

一冊《いっさつ》取り出しては、装丁《そうてい》を確かめる。

その本の奥にも、何か隠《かく》されていないかを点検《てんけん》し、本棚《ほんだな》に戻す。

次の一冊を取り出す……。

次第《しだい》にへこたれそうになっていく気持ちを何度も奮《ふる》い立《た》たせ、三人は必死に作業を続けた。

もちろん、お腹いっぱいになったチェックも途中で加わった。

どれくらい時間が経《た》っただろう。

ふと気づくと、あまりの疲《つか》れと眠《ねむ》さで、立っていられなくなり、ふらふらと倒れそうになる。

はっと気を取り直し、デュアンは他《ほか》のふたりを見た。彼らの疲労《ひろう》も限界《げんかい》にきているのが一目でわかった。特にチャールズの状態がひどい。

やっとのことで本棚にしがみついているような状態に見えた。

声をかけようとした時、そのチャールズが一冊の本を持ったままフラフラと座りこんでしまった。

「チャールズ様！」

「チャールズ様！」

デュアンとローレンが同時に叫び、駆《か》け寄《よ》る。

しかし、チャールズは驚《おどろ》きと喜びで顔中を輝かせて、デュアンたちを見上げた。

「あったよ！　これ、これだよね？」

彼の握《にぎ》りしめていた本……。

それはまさしく、中が箱になっているあの本とそっくりそのまま同じに見えた。

8

「それで？　なかに何が書いてあるの？」

と、アニエスも飛んできた。

「うーん……。これ、シオリだよね？」

王子が見せたそれは、たしかに小さな紙切れではあったが、本の三分の二ほどの頁《ページ》に挟《はさ》まっており、シオリ以外の何物にも見えなかった。

「開いてみましょう」

デュアンが言うと、チャールズはコックリうなずいた。

たくさんの字が並んでいるのだろうという想像とは反対に、そこには真んなかにたったこれだけ書かれていた。


我を叩《たた》きつけよ。

そののち、魂《たましい》を犬が食らう。

しばらくの間であらば、犬に押しこめること叶《かな》うであろう。

できるだけ速《すみ》やかに、元あった場所に安置《あんち》するべし。


「つまりはセンゼラブルを一刻《いっこく》も早く捜《さが》し出《だ》さなくてはいけないってこと？」

チャールズがデュアンに聞く。

　すると、デュアンは眉間《みけん》に皺《しわ》を寄せ、首を傾《かし》げた。

「そうですね。……または、やつをどこかにおびき出すか……」

「おびき出す？　でも、どうやって？」

　アニエスが聞く。

　デュアンは彼女のほうを向いて言った。

「アニエスも覚えてるだろ？　あの赤いローブの魔道士《まどうし》と遭遇《そうぐう》した時、やつはなんて言ってた？」

「え⁇……」

　アニエスが口ごもってしまうと、チャールズが代わりに答えた。

「……た、たしか、王はどこか？　って」

　デュアンは大きくうなずいた。

「そうです。彼らは王様を捜している。たぶん、魔王《まおう》を呼び出すのに関係があるのかもしれない。王様のいる場所がわかれば、やつは必ず来ます！」

　しばらくの沈黙《ちんもく》の後……全員の喉《のど》がゴクンと鳴った。

STAGE 9

1

「いやだ！　絶対にいやだ!!」

エヴスリン王は悲鳴《ひめい》に近い声をあげた。

「き、危険すぎるではないか。何もわたしを囮《おとり》にする必要はない!!　そ、そうだ。誰《だれ》かを替《か》え玉《だま》にすれば……」

小刻《こきざ》みに首を振り、豪華《ごうか》な椅子《いす》のうしろに隠《かく》れてしまった。

「しかし、父上。替え玉というのは無理《むり》です。相手は父上のことをよく知っていますし、魔《ま》の物《もの》ですからね。そんなことで騙《だま》されるとは思えません。それに、囮といっても、ただそこにいてくださるだけでいいんですよ。黒騎士《きし》たちが周《まわ》りを取り囲み、センゼラブルなど、一《いっ》切《さい》近づけないようにします」

チャールズが説得《せっとく》しても、王は目を閉《と》じ、首を振るだけ。

その上、王妃《おうひ》までもが王をかばって、

「チャールズ、あなた、いつからお父様に命令なんてできるようになったの？　そんな恐《おそ》ろしい役目をさせるなんて、わたくし許しませんことよ！」

と、言った。

これには、エヴスリン王、ずいぶんと感動したようで。涙を流さんばかりに喜んだ。てっきり「あなた、王様らしくかっこいいところを見せてくださいまし！」と、ハッパをかけられると思っていたからだ。

王妃《おうひ》はというと、ここにきて、ようやく事の重大さがわかってきたらしかった。もしかしたら、夫である王の命に関《かか》わる問題なのだということが。

ずっと王の警護《けいご》をしていたシュナイダーも王妃と同様、王をかばって立った。

「チャールズ様、恐れながら、わたくしが対面《たいめん》してまいりましょう。無礼《ぶれい》にも、わたくしになりすました輩《やから》ですからな。ここはきっちりと勝負をつけ、思い知らせてやらねば」

腕《うで》に自信のあるシュナイダーは、早速《さっそく》その気になって、準備体操などを始めた。

いやぁ……今やそういう状態じゃないんだけど……。

予想されていたこととはいえ、どうしたら王をその気にさせられるのか。デュアンは、そう思いながらチャールズを見た。やはり心配していた通り、王子はがっくりと肩《かた》を落とし、うなだれていた。

せっかく人が変わったように、人前でも（特に父や母の前でも）自分の意見を主張できるようになっていたのに。

と、その時、

「チャールズ！　がんばって！」

アニエスの声が響いた。

その声に、チャールズは頭を上げた。

振り返る。

そこには、アニエスもデュアンもローレンも、そしてチェックもいた。

全員が手を握《にぎ》りしめ、彼を応援していた。

チャールズは、再《ふたた》び王の前に進み出た。

母親似の美しい横顔に、キリッとした決意がみなぎっている。その顔つきを見て、王妃はハッと息を呑《の》んだ。

チャールズは王に言った。

「では、父上。たった今、王位《おうい》をわたくしにお譲《ゆず》りください。そうすれば、わたくしが正真《しょうしん》正銘《しょうめい》、王となります。もちろん、今回の件が無事終了した暁《あかつき》には、また王位をお返しいたしますから」

「なにぃ!?」

エヴスリン王は椅子《いす》の陰《かげ》から立ち上がった。

「ま、まさか……そして、チャールズ。おまえ、わたしの身代わりになって、囮《おとり》になると……そう言うのか!?」

チャールズは深くうなずいた。

「はい」

隠《かく》し部屋《べや》が一斉《いっせい》にどよめいた。

そんなことができるわけがない!

王様もそうだが、チャールズ様こそ危険な目に遭《あ》わせるわけにいかないではないか。

いや、だいたいうまくいくはずがない……。

などなど。誰《だれ》もが口々に反対を唱《とな》えた。

「だめ! だめよ、だめだめ。そんな危《あぶ》ないこと。わたくしが許しません!!」

王妃《おうひ》もヒステリックに叫んだ。

しかし、チャールズが大声で、

「お静かに!」

と、言うやいなや、今度は水を打ったように静かになった。

チャールズは全員を見渡《みわた》しながら、後ろで控《ひか》えていたデュアンのほうを見て言った。

「わたくしは、今まで彼と一緒《いっしょ》に魔《ま》の物《もの》を封《ふう》じる方法を探していました。皆《みな》さんは、この部屋でずっと待機《たいき》されていたからご存《ぞん》じないでしょうが。外は、大変なことになっています。彼らがやはりただの人間ではないということ、すでに明白《めいはく》です。ただし、大変幸運なことに、元凶《げんきょう》であるセンゼラブルというもの、まだ本来の力を取《と》り戻《もど》していないようです」

「魔王《まおう》……ではないのか!?」

王が尋《たず》ねると、王子は首を横に振った。

「いえ、違いました。ただ、力が完全に戻れば、魔王を呼び出すこともできるそうです」

彼の言葉を聞き、その場にいた全員が安堵《あんど》とも失意ともとれるため息を漏《も》らした。

「そうなる前に、手を打たねばなりません」

「ですから、わたくしめが!」

と、シュナイダーが剣《けん》を抜き放つ。しかし、チャールズはゆっくり首を振った。

「いえ、彼に剣は効《き》かないでしょう。どこで聞かれているかわかりませんから、ここでくわしくは言いませんが、我々はやつを封じる方法を発見しました。ただし、そのために、センゼラブルをおびき出す必要があるのです!」

ここで、チャールズは再《ふたた》び王に言った。

「お願いします。一時的なことですから、問題はないでしょう。これがうまくいかなければ、この国……いえ、世界が消滅《しょうめつ》してしまうかもしれないんです！」

王はじっと自分の足下《あしもと》を見つめていたが、やがて顔を上げた。

「いいよ」

ポツンとそう言うと、チャールズの近くへと歩み寄った。

「では、王位《おうい》を譲《ゆず》っていただけるのですね？　儀式的《ぎしきてき》なものは最大限省《はぶ》いてもらうとして……どうすれば王位を譲ったことになるのでしょうか？」

と、その辺《へん》の側近《そっきん》に聞くが、彼らとてわかるわけもない。

顔を見合わせていると、王が言った。

「いや、いいよ。わたしが行こう」

今度は王子が驚《おどろ》いた。

「ええ⁉　どういうことですか？」

「いや、そりゃあね。わたしだって嫌《いや》だよ。そんな、魔《ま》の物《もの》をおびき出すための囮《おとり》なんて。しかし、あなたはわたしの息子《むすこ》だ。息子を自分の身代わりにして、そんな危《あぶ》ない目に遭《あ》わせようという親はいないよ」

なんとも情けない声ではあったが、そう言った王は、チャールズの肩《かた》にポンと手をかけた。

「で？ どうすりゃいいんだ？」

2

センゼラブルをおびき出すのは、あの……ランドとオルバたちが赤騎士《きし》相手に大立《おおた》ち回《まわ》りをしていた、大広間がいいだろうということになった。

広い上に、死角《しかく》となる柱も多い。

しかし、先にようすを窺《うかが》いに行った騎士が首を振りながら戻《もど》ってきた。

「だめです！ あそこは、今戦闘《せんとう》の真《ま》っ盛《さか》りです！」

「え!? また？」

思わずデュアンが言った。

チャールズもアニエスも顔を見合わせる。

「いや、いいでしょう。むしろそのほうが、センゼラブルに対して効果的かもしれない。弓矢からの攻撃を避《さ》けるため、我々は広間を見渡《みわた》せる上の廊下《ろうか》にいましょう。周《まわ》りを囲んでいれば、おいそれと攻撃はしかけられないはずです」

デュアンが言うと、チャールズは小さくうなずき、他《ほか》の人たちにそれを告《つ》げた。

果《は》たして。

隠《かく》し扉《とびら》を開き、エヴスリン王たちがゾロゾロと広間を見渡《みわた》す廊下《ろうか》へと出た。

さっきの報告通り、大広間は赤と黒の騎士《きし》たちが入り乱れ、戦闘《せんとう》の真《ま》っ最中《さいちゅう》だった。

「あ、オルバ!」

アニエスが叫んだ。

彼女が指さす先、オルバがランドを助けながら赤騎士を蹴散《けち》らしているところが見えた。

そう。

一度は、室内用の馬場《ばば》まで赤騎士たちを追いこんだオルバたちだったが、結局、またこの広間まで戻《もど》されてしまっていたのだ。

赤騎士の数は減るどころか、前よりも増しているように見えた。

息を呑《の》む王たちの前で、デュアンが叫んだ。

「王様だ!!　王様だぞー!」

それを聞いて、警護《けいご》をしていた他《ほか》の黒騎士たちも口々に叫び始めた。

「おおー、こんなところにエヴスリン王が!!」

「な、なんと。本当だ。なぜ、ここに王様が!?」

「王様、ご無事で何よりでございます!」

「王様！　ここは危険でございます!!」

ちょっと……かなりわざとらしいかなぁ……。

デュアンはそう思いつつも、まぁ、これが一番手《て》っ取《と》り早《ばや》いからなと思い直した。

相手は戦闘のまっただなか。それに、たぶんかなり疲労《ひろう》している。けっこう派手《はで》にやらないと気づかないだろう。

ひとしきり大騒《おおさわ》ぎをしていると、さすがにオルバたちもそれに気づいた。

他の騎士たちも気づき始めた。

赤騎士も動きを止め、上を見上げる。

そこにいる全員が大広間を見渡せる廊下にいる王に注目し、シーンと静まり返った。

「う、うぅむ……」

なんと言っていいものか。

額《ひたい》に汗《あせ》をふつふつと浮かべ、エヴスリン王が困り切っていると、チャールズが横に来て父親の手をぎゅっと握《にぎ》った。

驚《おどろ》いた顔をした王だったが、すぐにぎゅっと手を握り返した。

王と王子とはいえ、父と息子《むすこ》に変わりないのだ……。

二人とも当たり前のことに感動していた。

王妃《おうひ》も涙をこらえながら、二人のようすを見守っていた。デュアンらは彼らの近くで待機《たいき》していた。例の本を持っているのはデュアン、犬を持っているのはローレンだ。

いつ来るんだろう……。

いや、果《は》たして本当に来るのか……。

もしかすると、もうそうとう力を取《と》り戻《もど》していて、こっちの計画などお見通しなのではないか。

デュアンはいろいろに考えたが、それでも、今は自分たちの計画を信じ、待つしかないと思った。

自分がオタオタしててどうするんだ!

チャールズを守るのは、自分じゃないか。

そう思うと、なぜか何でもできる気がした。胸が熱くなり、力が湧《わ》いてくるような気もする。

あの……王子とともに、雨のなか、犬の像《ぞう》を探しに出かけた時に感じた不思議《ふしぎ》な感動がまた蘇《よみがえ》る。

しばらくして。

ビカッと目映《まばゆ》い光がフラッシュしたかと思うと、静まり返った大広間に、大地を揺《ゆ》るがすような雷鳴《らいめい》が轟《とどろ》いた。

と、その直後に、窓という窓が全部割れた。

キラキラとガラスの破片が飛び散り、バラバラ落ちてくる。降りしきる雨も一緒《いっしょ》に。

「うわああ……」

「うわ、あたたた……」

広間にいる騎士《きし》たちが騒《さわ》ぎ出《だ》す。

フルフェースのヘルメットに全身鎧《ぜんしんよろい》の彼らだから、怪我《けが》などはないのだが。

その騒ぎが一瞬《いっしゅん》で収《おさ》まった。中央にある両開きの扉《とびら》がバンッと勢いよく開いたからだ。

しかし、そこには誰《だれ》もいない。

扉を開けたはずの人間がいないのだ。

騎士たちが再《ふたた》びざわめく。

……と、空中高く、赤いローブをまとった老人が浮かび上がった。

魔道士《まどうし》だ！

しかも、一人、二人、三人！

三人の魔道士が空中に浮かび上がり、不気味《ぶきみ》な笑いを浮かべながら浮遊《ふゆう》していた。

「う、うあぁぁ……」

その場にへたりこみそうになるエヴスリン王。

彼を支《ささ》えて立つチャールズ。

王の隣《となり》には、シュナイダーもいた。

彼は震《ふる》える声で言った。

「お、おまえらの主人はどこだ!? わたしの名を騙《かた》ったという、卑怯者《ひきょうもの》はどこにいる!?」

すると、三人の魔道士《まどうし》は顔を見合わせ、シュウシュウと息が漏《も》れるような声で笑い合った。

そして、笑いながら開いたままの扉《とびら》を見下ろした。

そこにいた全員も見た。

ただ雨しか見えなかった、真《ま》っ暗《くら》な空間。そこに、ひとりの男が現れた。

なぜか、彼の周《まわ》りだけ雨が降らない。

見えないシールドに守られているように、雨が弾《はじ》いて避《さ》けていく。

立派《りっぱ》な貴族《きぞく》の装束《しょうぞく》を着て、マントを背中にひらめかして歩いてくる男。

彼は、今、王の横に立っているシュナイダーとうり二つに見えた。

3

黒々と艶《つや》やかに波打つ黒髪《くろかみ》を肩《かた》まで垂《た》らし、手入れした口ひげを蓄《たくわ》えた口許《くちもと》にはわずかに微笑《ほほえ》みがあった。背も高く、威風堂々《いふうどうどう》とした風貌《ふうぼう》。

彼は、どの貴族よりも貴族らしく見え、自信に満ちあふれ、チャーミングだった。

男は、ゆっくりと騎士《きし》たちの間を歩き、王のいる場所へ続く大階段へと向かった。

「王に近寄るな!!」

金縛《パラライズ》り状態の黒騎士たちだったが、スベン・ジーセンが全《すべ》ての呪縛《じゅばく》を振り切って、男のほうへ駆《か》け寄《よ》ろうとした。

男は平然とした顔のまま、スベンのほうに一瞥《いちべつ》をくれた。

「う、うわああ!!!」

男がただ見ただけなのに、スベンの体は弾け飛んだ。

しかし、他の騎士たちは倒れたスベンの介抱《かいほう》さえできないでいる。それほどすさまじいパワーの金縛りだった。

オルバは……というと。

さすがに金縛り状態からは脱していたが、ようすを見ることに決めていた。

見上げれば、王の側《そば》にデュアンもアニエスもいる。

どうせやつらは何かの計画をしているのだろうし。ここは、黙《だま》って見ているに限る。

シュナイダーそっくりの男……もちろん、それは力を取《と》り戻《もど》しつつあるセンゼラブル、その人だった。

彼はゆっくりと大階段を上っていった。

その威圧感《いあつかん》は並大抵《なみたいてい》のものではなかった。

大階段の上で迎《むか》え撃《う》つのは、シュナイダー。

まったく同じ顔の男が二人、じっと視線をそらさず睨《にら》みあっている。

しかし、シュナイダーが剣《けん》を振りかざし、センゼラブルに斬《き》りかかろうとした時、その手首にマジックアローが命中した。三人の魔道士《まどうし》のうちのひとり、長男のオジーが放ったのだ。

アローは、さらに何本も生まれ出てシュナイダーの周《まわ》りをクルクルと回った。

「う、うわ！　ああ!!　うわっ！」

シュナイダーはたまらず、剣を捨てて頭を抱《かか》えた。

そのようすを横目に見たセンゼラブルは、相変《あいか》わらず無表情のまま階段を上りつめた。

ゆっくりとエヴスリン王のもとへ歩み寄っていく。

なぜか黒騎士《きし》たちだけが金縛り状態《パラライズ》になっていた。王や王子、王妃《おうひ》、アニエスやデュアンたちは呪縛《じゅばく》を受けていない。

デュアンは思った。

たぶん、呪縛をかけるまでもないということなんだろうな……。

しかし、それはこっちにとっては好都合《こうつごう》。とにかくこの本をセンゼラブルの隙《すき》をついて叩《たた》きつけなくてはいけない。

そう。問題の封印《ふういん》の書、それは今デュアンの手のなかにあった。

「ひっ!!」

青ざめた顔の王はチャールズの手を握《にぎ》りしめたままガタガタと震《ふる》えだした。

チャールズはというと、王の手をしっかり握り返すだけで精一杯《せいいっぱい》。必死に、恐怖《きょうふ》を跳《は》ね返《かえ》そうと、両足で踏《ふ》ん張《ば》り、大きな目でセンゼラブルを睨みつけていた。

「ふっふっふ。王様、息子《むすこ》さんのほうがまだ度胸《どきょう》があると見える。よかったですなぁ、後継《こうけい》者《しゃ》の心配がなくて。今生《こんじょう》の別れとなるのですから、親子、仲良く最後の抱擁《ほうよう》でもされてはどうです？　おお、そうだ。そこの美しい王妃様、あなたもどうです？　親子水入らずの時間をプレゼントして差し上げますぞ」

センゼラブルは余裕《よゆう》のある顔で、王と王子、そして王妃を見た。

「こ、今生の別れですって!?」

バラ色だった王妃《おうひ》の頬《ほお》がみるみる紙のように白くなっていく。

「あなたぁー！」

「ミレーネ!!」

二人は堅《かた》く抱き合った。

そのようすをあきれ顔で見ていたセンゼラブルだったが、一転して険《けわ》しい顔つきになった。

「さぁ、別れのシーンはそこまでです。エヴスリン王、こちらへどうぞ」

もちろん、素直に従うはずもない。王は小刻《こきざ》みに首を振り、王妃と王子の手を握《にぎ》りしめ、後ずさった。

「ほほう。抵抗《ていこう》なさるのですな？　では、少々痛い目に遭《あ》っていただきますが、それでもよいと？」

再《ふた》び首をブンブン振る王。

「では、素直に来なさい。ちっとも怖《こわ》くはありませんから。すぐに済《す》みます。あなたには、何の記憶《きおく》もないままに全《すべ》てが終わります」

「な、何が終わるというのだ!?」

チャールズが言うと、センゼラブルは不敵《ふてき》な面構《つらがま》えで笑った。

「偉大《いだい》なる方《かた》においで願うのです。そうすれば、この世界は全て闇《やみ》に包まれ、居心地《いごこち》のよいものとなります」

「何を言う!? 居心地《いごこち》がよいのは、おまえらだけだろう!?」

なおもチャールズが食い下がると、センゼラブルはクイッと眉《まゆ》を吊《つ》り上《あ》げた。

「う、うあううう……!」

チャールズは苦悶《くもん》の表情を浮かべ、喉《のど》のあたりを掻《か》きむしった。

「チャールズ!!」

アニエスが駆《か》け寄《よ》る。

「ちょっと! 何するの? やめなさいよ!!」

チャールズの前に立ち、今度はアニエスがセンゼラブルを睨《にら》みつけた。

しかし、センゼラブルは彼女など眼中にないようだった。王のほうに一歩前に出た。

幸い、その時にはもうチャールズへの攻撃は止んでいたようで。彼は、肩《かた》で息をつき、まだ苦しげに喉を押さえていた。

センゼラブルはドスの利《き》いた声で言った。

「さっさとしろ。無理矢理《むりやり》連《つ》れて行かれたいのか!?」

「ちょ、ちょっとお!! やめなさいって言ってるのがわかんないの!? このオヤジ!!」

アニエスはセンゼラブルの腕《うで》にしがみつき、バンバン叩《たた》きまくった。

すると、彼は、

「うるさい!!　子供はおとなしく引っこんでろ」

と、アニエスの手を振り払った。

「いったぁーい!!」

派手《はで》に尻餅《しりもち》をつくアニエス。

「んもうー!　あったまきた!!」

アニエスは顔を真っ赤にしてそう言うと、手に持ったロッドを杖《つえ》代わりにして立ち上がり、そのままロッドを前に。

「炎《ほのお》の精霊《せいれい》たちよ、力を貸して!!」

目をぎゅっと閉《と》じ、呪文《じゅもん》を唱《とな》え始《はじ》めた。

まずい!!

デュアンがはっと顔を上げた時はすでに遅《おそ》かった。

彼は、いつセンゼラブルに例の本を投げつけるのか、一番失敗のない方法をしきりに考えていたのだが……。

止める間もなく、アニエスは両手でロッドを握《にぎ》りしめ、ファイアーの魔《ま》法《ほう》を放ってしまっていた。

しかし、次の瞬間《しゅんかん》、すべての時間が止まったように感じた。

アニエスはたしかに呪文《じゅもん》を唱《とな》え、渾身《こんしん》の力で魔力《まりょく》を結集し、ロッドをセンゼラブルに突きつけていた。

しかし、ロッドからは火の気配《けはい》さえしてこない。

センゼラブルはセンゼラブルで、いったい何が何だかわからないという顔。しばらく目をぱちくりやっていたが、はっと我に返り、小さくため息をついた。

「なんだなんだ。子供の魔法《まほう》ゴッコにつきあっている暇《ひま》はないぞ」

そして、固まったままのアニエスの横を通り、王の手首をつかんだ。

「ほら、行くぞ」

「ひゃあっ!!」

エヴスリン王が必死にその手を振り払おうと抵抗《ていこう》した。

すると、業《ごう》を煮《に》やしたセンゼラブル、王の頬《ほお》を平手《ひらて》打《う》ちにしようと手を高く振りかざしたのである。

「ひっ!」

思わず身をすくめるエヴスリン王……。

今だ!!

デュアンは音もなくスルスルと彼らの背後《はいご》に忍《しの》び寄《よ》った。

例の本を大きく振りかぶり、センゼラブル目がけて打ち下ろす……!!

しかし、一瞬《いっしゅん》早く、センゼラブルが身を翻《ひるがえ》し、デュアンの攻撃を避《さ》けた。

「おっと。危《あぶ》ないところだった。ふっふっふ。なんとその本を見つけておいたわけか。なるほどな」

口調《くちょう》とは裏腹《うらはら》に、センゼラブルはあきらかに動揺《どうよう》していた。口の端《はし》がぴくぴくと震《ふる》えている。

過去に嫌《いや》な思い出がある本だからだろう。

それに、魔力をずいぶんと使っているらしく、近くで見てみれば、ずいぶんと疲《つか》れ果《は》てた顔をしているではないか。

しかし、こうなるとデュアンたちのほうの計画も台無《だいな》しである。もう後はない。

どうするんだ!?

チャールズはデュアンを凝視《ぎょうし》した。

デュアンはデュアンで、頭のなかを目まぐるしく回転させていた。

アニエスは……。

彼女は、なぜ魔法が使えなかったのかまったくわからず、その衝撃《しょうげき》があまりに大きく、ただ呆然《ぼうぜん》と座りこんでいた。

4

センゼラブルがにやにや笑いながらデュアンに近づいていった。

「ほら、こっちにそれをよこせ」

にやにや笑ってはいるが、やはりまだ表情はこわばったままだ。あの余裕《よゆう》たっぷりのセンゼラブルが、今はあきらかに怯《おび》えている。

こんな古本一冊《いっさつ》に。

もしかしたら、この本に封《ふう》じこめられたのは一度だけではないのかもしれない。

デュアンは一瞬《いっしゅん》そう考えた。

ならば。

その恐怖心《きょうふしん》を利用してやる。

「ねぇ、センゼラブルさん」

デュアンは本を片手で持ったまま呼びかけた。

いきなり馴《な》れ馴《な》れしい口調《くちょう》で言われたものだから、センゼラブルはぎょっとした顔になった。

「な、なんだ」

「ぼく、今はこんな服着てますけどね。ほんとはただの一介《いっかい》の冒険者《ぼうけんしゃ》なんです。それも、初心者もいいとこ。レベルだって、まだ3ですよ!?」

センゼラブルは、デュアンが何を言い出したのか、何を言おうとしているのかわからず、首を傾《かし》げた。

デュアンは続けた。

「そんな低レベルの冒険者に、こんな大事な本を預《あず》けると思いますか？」

ニコニコ笑いながら言うデュアンに、センゼラブルはさらに驚《おどろ》いた顔になった。

嫌《いや》な予《よ》感《かん》がひしひしとする。

以前、僧侶《そうりょ》どもに封印《ふういん》された時とまったく同じ、いやぁな雰囲気《ふんいき》だ。

センゼラブルは、汗《あせ》をびっしょりかいていた。しかも、ひどく嫌な汗だ。

「し、知らん。そんなもの、調べてみればわかることだ。よこせ!!　さもなくば、おまえごとき虫けら、ひねりつぶしてくれるぞ」

大声で言うと、彼はデュアンに金縛り《パラライズ》の術《じゅつ》をかけようとした。

しかし、それより先に、デュアンは駆《か》け出《だ》し、あっという間に、下の大広間にいるオルバ目がけて本を投げたのである。

「おっと」

オルバは本をキャッチした。

「な、なんと!!」

あわてたセンゼラブルが、やっと体勢を立て直し、大広間にいる無数の赤騎士《きし》たちに命令した。

「あの者を捕らえよ!!」

しかし、時を同じくして、黒騎士団たちもやっと金縛《パラライズ》りの呪縛《じゅばく》から解放された。そして、動き出した赤騎士と再《ふた》び激《はげ》しい戦闘《せんとう》を開始した。

もちろん、オルバも赤騎士の攻撃をかわし、ロングソードの威力《いりょく》をいかんなく発揮《はっき》していた。傍《かたわ》らで倒れているランドをかばいながら、ではあったが。

「く、くそお。おい、オジー、コジー、タジー!! 何をぼさーっと見ておる。さっさと加勢《かせい》せぬか!!」

センゼラブルは顔を紅潮《こうちょう》させたまま、空中に浮かんだままの魔道士《まどうし》三兄弟に荒げた声で言った。

長男のオジーと三男のタジーは、おお、そうだったなという感じで魔法《まほう》を使う体勢を取ろうとしたが、それを次男のコジーが止めた。

「いや、センゼラブル殿《どの》、これでは少々オーバーワークではありませんかねぇ。契約《けいやく》では、城での攪乱戦《かくらんせん》の時のみ、手助けすることとなっておりましたし。下手《へた》をすると、そろそろ夜も明けます。我々、ご存《ぞん》じの通り夜の間しか勤務しておりませんのでねぇ……ま、水心あれば魚心《うおごころ》と言います。超過料金《ちょうか》をいただけるというのであれば、まあ、ねぇ……」

などというようなことを、算盤《そろばん》まで持ち出して、うだうだと言い始めた。

コジーとしては、せっかく王たちが隠《かく》れていた場所の情報を高く売りつけてやろうと思っていたのに、それより先に王自ら出てきてしまった。それだけに、ここでしっかり稼《かせ》いでおかなくては……と思っただけに過ぎないのだが。

しかし、センゼラブルの怒《いか》りは頂点に達した。

「もうよい！　おまえらの力なんぞ借りん。とっとと闇《やみ》の巣穴《すあな》に戻《もど》ってしまえ!!」

すると、コジーは、肩《かた》をすくめて手に持った算盤を消し去った。

「あ、そうですか。ま、でもねぇ。一番盛《も》り上《あ》がってるところですし。さすがにここで帰るわけにはいかないでしょ。もうちょっと見物させていただきたいんですけどねぇ……」

もちろん、センゼラブルは返事をする気もない。

それより、何より。一刻《いっこく》も早くあの忌々《いまいま》しい本を取り戻さなくては!!

王たちに背中を向け、上ってきた大階段を下りていこうとした。

その時だった。

バッコォォ――――ンッ!!

気持ちのよい音が大広間に響《ひび》き渡《わた》った。

頭を押さえ、信じられないという顔をしたセンゼラブルが残像《ざんぞう》として浮かび、歪《ゆが》んで消えた。

彼の後ろには、デュアンが立っていた。

あの、オルバに投げたはずの『本』を持って。

デュアンは大声で言った。

「本物はこっちだよ!」

5

そう。

オルバに投げたのは、本のように見える……あの、最初に王子が発見した偽物《にせもの》のほうだった。なかに、センゼラブルについて書いた紙が張りつけてあった、あれだ。

デュアンは念《ねん》のため、本物の本と偽物の本と、二つとも持っていたのだ。

つまり、さっきデュアンが自信たっぷりに言った「こんな大事な本を預《あず》けると思いますか?」という言葉で、センゼラブルの心と行動に迷《まよ》いが生まれた。

恐怖《きょうふ》のあまり、猜疑《さいぎ》心《しん》の虜《とりこ》になってしまい、冷静さを失ってしまっていたのだ。

そしてデュアンのことなど眼中《がんちゅう》になく、階段を下りようとして、後頭部を『本』に直撃されてしまった……。

その『本』は、いきなりデュアンの手のなかで暴《あば》れだした。

たまらず床《ゆか》に取り落としてしまったのだが、落ちた本の頁《ページ》の隙間《すきま》から、なんと小さなカエルほどの虫のような生物が一匹ピョコタンと飛び出してきた。

「うわっ!」

デュアンが思わず飛びすさる。

青いテラテラした皮膚《ひふ》で、黄色い小さな斑点《はんてん》がある。飛び出した目は、くるくるとよく動き、同時に反対方向に向くこともできるようだった。

足はバッタのようで、六本足。

ピョコタン、ピョコタンと階段を下りて行こうとした。

その時、今度はローレンが「うわっ!」と叫び声を上げた。

例の犬の像《ぞう》がいきなり彼の腕《うで》のなかから飛び降りたのだ。

犬は、不気味《ぶきみ》な顔のまま「ひょん、ひょん」と、変な鳴き声をあげながら、そのバッタのようなカエルのようなモンスターを追いかけていった。

モンスターは犬を見て、目玉をぐるぐる回し、逃げる速度を上げた。

どんどん階段を、まるで転《ころ》がり落《お》ちるような勢いで下りていった。

「おもしれーやつ！　ぎぃーっす！」

それまでローレンのうしろに隠《かく》れていたチェックが飛び出し、モンスターのあとを追いかけていった。

「う、うわあ！」

「ぎゃ！　き、気持ちわりーなぁ！」

「うわ！」

モンスターは、大広間にいた黒騎士《きし》たちの間を逃げ回った。

その後ろを、相変《あいか》わらず「ひょん、ひょん」と吠《ほ》えながら、人面犬《じんめんけん》が追いかけてくる。

見ていると、明らかにモンスターのほうが優勢《ゆうせい》である。人面犬は、顔が人間であるというハンデがあるせいか、バランスがよくない。重い頭を支《ささ》えるだけの体がないように見えた。

だから、時々転びそうになる。

「おい、しっかりしろよ、ぎーっす」

チェックがはやしたてるが、どうにもうまくいかないようだ。

「だ、だめだ。ねぇ、オルバ！　黒騎士の皆《みな》さん！　みんなでその小さいモンスターを取り囲むんです。逃げ場がないように。そうじゃないと、またセンゼラブルに逃げられますよ!!」

デュアンが叫ぶ。

しかし、彼らには階上のようすが見えていたわけじゃない。だから、何を言われているのかも理解できないようすだった。

そこに、オルバの怒声《どせい》が響いた。

「おら、さっさと言われた通りにすりゃいいんだ！　理由は後で聞きゃあいいだろ。そっち、行ったぞ!!」

怒鳴《どな》りつけられた黒騎士たちは、あわててモンスターを追いかけ始めた。

しかし、小さいだけに厄介《やっかい》だ。なかなか捕まえられない。

デュアンやチャールズたちも、上にいた人たち全員、広間のほうに下りてきていた。

「く、くぉのやろぉ！　ちょこまかちょこまか動きやがって」

先頭で追いかけ回しているのは、オルバだ。

狙《ねら》いを定めて、「わりゃあぁー!!」というかけ声とともに、飛びかかった。

両手で、たしかにつかんだはず。

感触《かんしょく》もあったはず。

しかし、その手の下から、ピョコタンとモンスターが現れ、逃げた。

「く、くっそ――!!」

拳《こぶし》で床《ゆか》を叩《たた》いて悔《くや》しがるオルバ。

また懲《こ》りもせず、飛びかかる。

ピョコタン!

じゃ――んぷ!

ピョコタン!!

何度、取り逃しただろう。それでも黒騎士《きし》たちが輪になって壁《かべ》を作っているところへと追いこんでいった。

四方八方、行き場を失ったモンスターがギョロギョロと目玉を動かし、どうやったら逃げられるかと考えこんだように見えた時。

あの人面犬《じんめんけん》が、目の覚めるようなスピードでモンスターに飛びついた。

そして、大きな口を開けると、ぱくっとくわえてしまったではないか!

その場にいた全員が息を呑《の》んで見守っている。

モンスターはジタバタと暴《あば》れるだけ暴れ、きぃーきぃーと鳴きわめいた。

その鳴き声に紛《まぎ》れ、はっきりと言葉が聞こえてきた。

「くっそー！　覚えておれ。またぜーったいに復活《ふっかつ》してやるからな！　そんとき後悔《こうかい》しても……」

しかし、その言葉も終わらぬうちに、人面犬《じんめんけん》は無表情のままゴックンと大きく喉《のど》を鳴らして呑《の》みこんでしまった。

見ていた他の全員も、次の瞬《しゅん》間《かん》同時に唾《つば》を呑みこんだ。

その全員に注目されたまま、犬の表情が見る間に変わっていった。

半分男、半分女の顔のまま。

生気《せいき》を失い、元の石像《せきぞう》へと変化していったのである。

6

同時に、すべての赤騎士《きし》が空中に霧散《むさん》してしまった。

そのようすを見たオジー、コジー、タジーの魔道士《まどうし》三兄弟は、居心地《いごこち》が悪そうな顔をして、「じゃ、そろそろおいとましましょうかねぇ」「およびでないようだし」などと言いながら、やはり空中に消えていった。

うわぁーっと歓喜《かんき》の声が大広間中に沸《わ》き起《お》こった。

黒騎士たちは肩《かた》を叩《たた》き合《あ》って喜び、王と王妃《おうひ》は抱き合い、涙を流した。

「魔物《まもの》は去ったぞ！」

「すべて終わった！」

「チャールズ様、万歳!!」

そんな声も聞こえてきた。

しかし、その歓喜の渦《うず》のなか、デュアンたちだけは違っていた。

まだやらなくてはいけないことが残っていたからだ。

「デュアン、この像を中庭に持って行かなくちゃ」

チャールズ王子が言うと、デュアンは大きくうなずいた。

彼らが犬を持って走り出すと、みんなもなんだなんだとあとを追った。

まだ暗《くら》い中庭に到着《とうちゃく》する。雨は小降りになっていた。

バトキスの花をかき分けて、像の置いてあった場所を探す。

すると、犬があった場所にだけ、赤い石が敷《し》かれていたので、どこに置けばいいのか一目でわかった。

きれいに咲き誇《ほこ》っている花を引き抜くのは忍《しの》びなかったが、この世の平和と引《ひ》き替《か》えにはできない。

いずれ、この犬が二度と動かされることのないよう、もっとしっかりした祠《ほこら》かなにかを作って、安置《あんち》したほうがいいだろう。

そんなことを思いながら犬を抱いていたチャールズはデュアンを見た。

「デュアン……」

デュアンはにっこり笑って、うながした。

そして、半分男半分女の顔を持つ、センゼラブルを封印《ふういん》した犬の像《ぞう》は、チャールズ王子の手によってしっかりと安置《あんち》されたのだった。

いつの間にか雨は完全にあがっていた。その上、空が白々《しらじら》と明るくなってきていた。

チャールズは立ち上がり、白みゆく空を見上げた。

ようやく心からほっとできる。

彼はデュアンを振り返った。

心の底から笑いがこみあげてくる。

ふたりは、笑いをこらえつつ、がっちりと握手《あくしゅ》をかわした。……と、チャールズが顔を歪《ゆが》め、手を離した。

どうしたのか？　と、デュアンが見ると、チャールズは自分の手を広げて見せた。

白く細い手が傷だらけだった。

あの豪雨《ごうう》のなか、ふたりで高い垣根《かきね》を登ったときに負《お》った傷だろう。

デュアンが心配そうに見ていると、チャールズはにっこり笑って「ほら」と目配《めくば》せした。

見ると、アニエスが彼らに向かって親指をたて、ウィンクした。

その時、黒騎士《きし》団長エドワード・ザムトとともにリースベック元国王が駆《か》けつけてきた。

「おお、ここにおったか。いきなり赤騎士どもが消えてしまいおったぞ！　いったいどうなったんじゃ!?」

チャールズは元国王のほうを見て、微笑《ほほえ》んだ。

「話せば長いことになります。しかし、もうお疲《つか》れでしょう？　皆《みな》さんも。ぼくも、もう限《げん》界《かい》です。ゆっくりと寝《ね》て、それからお話ししますよ」

リースベックは眉《まゆ》を吊《つ》り上《あ》げて、傍《かたわ》らのエドワード・ザムトを見た。

しかし、にやりと笑って彼の肩《かた》に手をかけた。

「ふむ。つまり、もうゆっくり眠《ねむ》れるというわけじゃな？　わかった。たしかに疲れたわい。さすがに徹夜《てつや》はこたえるのう」

エドワードが無言のまま微笑む。

「それで？　怪我人《けがにん》などは出ておるのか？」

リースベックに聞かれ、黒騎士のひとりが答えた。

「スベン・ジーセン中隊長《ちゅうたいちょう》を始め、十名ほど負傷しましたが、命に別状《べつじょう》はございません。先ほど、シムル卿他《きょうほか》、何名かが疲労困憊《ひろうこんぱい》した状態で発見されましたが、同じく命に別状なく、今は休んでおります」

「そうか。そういや、そこのアニエス王女の友人とやら、ご苦労《くろう》だったな」

デュアンとオルバは顔を見合わせた。

オルバの傍《かたわ》らには、ランドが目を閉《と》じたままオルバの肩《かた》につかまって立っていた。

アニエスはというと、さっき魔法《まほう》が使えなかったことにまだショックを覚えていたが、それより何より、とてつもなく嫌《いや》な胸騒《むなさわ》ぎを感じていた。

いや、それは誰《だれ》の胸にもあった。

全《すべ》てがうまくいって、全ての人が助かったように思えるのに。

何か忘れてないか？

大切な何かを……。

アニエスは、はっと顔を上げた。

「あの方は!?」

デュアンとチャールズは顔を見合わせた。ついでにチェックも。ランドは目を開き、オルバを見つめた。

「そうだ！　そういえば、クレイ・ジュダさん、どうしちゃったんだろう!?」

デュアンが小さくつぶやく。

あの魔道士《まどうし》との戦いの最中《さいちゅう》、自分たちだけ逃げ出したのだ。

クノックとクレイ・ジュダは、それっきり姿を現していない……。

降るように襲《おそ》いかかるマジックアロー。額《ひたい》から流れていた血の赤さ。

デュアンが「今すぐ捜《さが》さなくっちゃ！」と言いかけた時、黒騎士《きし》のひとりが走ってやってきた。

「向こうでひとり死んでいます!!」

さっとあたりに緊張感《きんちょうかん》がみなぎる。

うそだろ!?

デュアンは心臓がドキドキとうるさいほど打ち始めたのがわかった。

お、おれ、あの人とはゆっくり話がしたかったのに。

教えてほしいこと、いっぱいあったのに。

「やだっ!!」

すぐ横でアニエスが悲鳴《ひめい》のような声をあげた。両手で顔をおおっていた。

オルバに支《ささ》えられて立っていたランドは、報告をした黒騎士を睨《にら》みつけていた。

その黒騎士《きし》に、エドワード・ザムトが尋《たず》ねた。

「死んでいるとは！　それは確かな情報なのか!?」

……と、その時だった。

鳥の声のし始めた庭に、暖かみのある声が響いた。

「いや、まだ死んじゃいないよ」

朝日に包まれ、ひとりの戦士《せんし》が重傷を負《お》った黒騎士を支《ささ》えながら、ゆっくりと歩いてきていた。

その横をぴったりとついて歩いてくる雪豹《ゆきひょう》の姿もあった。

ランドはオルバの肩《かた》をぎゅっと強くつかんで言った。

「あいつがそうやすやすと死ぬわきゃねぇーんだ。なにせ、やつには神のご加護《かご》ってもんがついてるんだからな！」

デュアンとアニエス、そしてチャールズの三人がクレイ・ジュダに駆《か》け寄《よ》る。チェックもクノックのほうにパタパタ飛んでいった。

その姿を見ながら、オルバはポツンとつぶやいた。

「それにしても、なげぇ夜だったよな……」

長い夜は明けた。

雨もあがり、黒い雲の切れ間から朝日が眩《まぶ》しく差しこんでいる。
数々の歌にも詠《よ》まれ、国民の誇《ほこ》りでもある銀ねず城。
その塔《とう》や城壁《じょうへき》は、聖《せい》なる光に照らされ、きらきらと輝いていた。

END

あとがき

はぁー、長かった。

オルバじゃないけど、ずいぶんと長い夜だった。

わたしの場合、始めてみて、初めて「ああ、こんなに複雑《ふくざつ》な話だったの？」とか「ああ、あんたってこういう人だったの!?」とかってこと、しょっちゅうあるんだけどね。

でも、今回ほど予想をはるかに超《こ》えて、複雑で人がいっぱい出て、それぞれ主要キャラで、存在感あって……てなことはなかった気がする。

今までで一番大変だったのって、フォーチュンの4巻と新フォーチュンの3巻？　いやぁ、4、5巻もそれなりに複雑だった気がするぞ。デュアンの双頭《そうとう》の魔術師《まじゅつし》だって……。

うーむ。

ま、それなりにウンウンうなって四苦八苦《しくはっく》しつつ、目一杯《めいっぱい》楽しんで書いたってことですね。

うん！　楽しかったよ、今回も。

特にね。クレイ・ジュダとランドが登場したから。彼らには思い入れたっぷりだからね。

そうそう。彼らの話は、いつかきっちり書いてみたいと思っています。

この6巻では書けなかったランドと会った時の話とか、くわーしく書くつもりなので、お楽しみに。今回のデュアンが数倍楽しく読めるはずです。

後は誰《だれ》だ？

もちろん、チャールズ君。デュアンよりも美しくかわいい男の子登場。

あ、そうそう。最近、クレイ・ジュダだのデュアンだの、美形《びけい》がよく登場するっていうんで、わたしが前から美形好きだと言ってる人がいたけど。そりゃ心外《しんがい》ですね。

いや、たぶんね。わたしのイラストを担当しているおときたさんや迎《むかい》さんが「えー？」ってまっさきに首を傾《かし》げると思うよ。

だって、わたしのキャラって、異様《いよう》にジジババが多いんだもん。今回だって、おじさんキャラ総登場だったもんね。おときたさん、おじさんパターン出尽《でつ》くした！　って言ってたもん。

ま、それはたいした問題ではないのだけど。

そのチャールズ君。今はまだ幼いけど、今回の経験もふまえ、今後楽しみな人物ではありませんか？　いずれは王様になるんだからね、彼。

それから忘れてならないのは、リースベック元国王。このじいちゃん、こんなに人気出るとはねぇ。最初の設定では、単なるヒヒジジイ（それは言い過ぎ）だったのに。なんだかどんどこかっこよくなって、前巻ではほぼ人気をさらってましたからね。個人的に、ショーン・コネリーのイメージで書いてみました。

あとは、地味目《じみめ》だったけど、今回の巻でも活躍したスベン・ジーセン君。彼の逸話《いつわ》も書いてみたいもんです。昔《むかし》の話とかね。

魔道士《まどうし》三兄弟もよかったでしょ？　けっこう作者気に入ってたりするんです。彼らの名前は、わたしのインターネットの公式HPで募集しました。時々そんな企画をやってたりするので、通信をしている人はぜひのぞいてみてください。アドレスなんかは、HPのお知らせ頁に書いてあります。もちろん、わたしも頻繁《ひんぱん》にのぞいてますし、お返事なんかも書いてますからね。

そして、なんといってもデュアン君。

みんな心配してくれてありがとうね。彼が活躍したのかどうかは、本編を読んでいただくとして。

よく聞かれるのは、彼が本当に伝説の勇者《ゆうしゃ》になれるのかどうかってこと。

たしかに、今の段階ではとても無理《むり》というか、夢のまた夢のようですね。でも、伝説っていったいどんなふうに作られるんだろうって考えてみると面白《おもしろ》いかも。全《すべ》てが全て本当じゃなかったのかも。語《かた》り継《つ》がれる間に、おひれはひれがついて……というのはよくある話です。

でも、まぁ、何でもない人が伝説になれるわけはないからね。

それに、デュアン伝説は始まったばかり。

これからもどんどこ書いていくつもりなので、よろしくお願いします。

「ガオ!」のほうでは、漫画のほうも好評連載中だし。

あとは、アニメ化、ゲーム化だよね。

デュアン書いてると、頭のなかで、どんどん映像が浮かんでくるんです。できれば動くデュアンを早く見てみたいな。

というわけで……と、終わったら怒《おこ》られちゃうよね。

例の前後編のあとがきっていう件《けん》はどうなったんだ? って。

んと、どこまで話したんでしたっけ?

そうそう。ドイツの古城のダンジョンを探検《たんけん》してた話でしたよね。

ふっふっふ。この6巻を読み終わった後で、また5巻のあとがきのダンジョン話のとこだけ読み返してみてください。

一カ所、あれ? って思い当たるところがあるはずです。

水野《みずの》さんの言葉が、この6巻で活《い》かされていた……と。

そう。人間、すべてネタや。

作家を目指《めざ》している人たちは心に刻《きざ》みましょう。

どんなに辛《つら》く苦しい状況にあったって、それはあとで全《すべ》てネタになります。そう思ったら、全部ＯＫ。どんと来い！　てなもんです（ほんとはあんまり来てほしくないけど）。

で、どこまで話したんだっけ？

あ、ああそうそう。そのダンジョンの探検シーンの後、昼下がりにもう一度わたしは城へと入りました。

今度はばっちり懐中電灯《かいちゅうでんとう》まで持って。でも、さっきと違って、単身《たんしん》乗りこんだわけです。

いやぁ、あんな危《あぶ》ないこと、よくやったよね。皆さんは絶対真似《まね》しちゃだめよ。

あそこで生きて帰れなくたって不思議《ふしぎ》なかったんだから。

でもね。実は、最初の冒険《ぼうけん》のあと、そのお城の展示室《てんじしつ》で地図を買ったんですよ。その地図に、なんと地下道が描いてあったんです!!

もちろん、詳細図《しょうさいず》なんかないけどね。お城の地下からずーっと下のライン川まで続いているとありました。

そんなの見たら、もういてもたってもいられなくなるでしょ!?

デュアンと同じく、頭上と前方を注意しながら、再《ふた》びダンジョンへと入っていったわたし。方眼《ほうがん》のダンジョンをただただまっすぐ進みました。絶対に曲がってはダメだと思いましたから。

でもね。不思議《ふしぎ》なことなんだけど、ふたつ先の十字路まで来たら、まるでもう引き返せないところまで来てしまったような恐怖《きょうふ》にとりつかれたんです。

曲がってないのに、曲がってしまったような錯覚《さっかく》まで覚えるんだよね。

混乱《こんらん》の魔《ま》法《ほう》をかけられたような。

来た道を懐中電灯《かいちゅうでんとう》で照らしたんだけど、光が弱くって入り口までは照らせない。

こんなところでモンスターに出くわしたら、絶対恐慌《きょうこう》状態になっちゃって、滅《め》茶苦《ちゃく》茶《ちゃ》に角《かど》曲がって、わけわかんなくなると思った。

いや、ナメクジだって嫌《いや》だよ。天井《てんじょう》からボタッとか落ちたりして。

本当は、行き着くとこまで行こうって思ってたのね。行き止まりまで。

でも、結局は三つか四つ行った先で怖《こわ》くなって引き返すことにしました。その時ですよ！

生涯《しょうがい》忘れられない恐怖を味わったのは!!

だって、手が汗《あせ》ばんでいたせいだと思うけど、頼《たよ》りの懐中電灯を落っことしてしまったんです。

がちゃっ、ゴロゴロ……って音がしたかと思うと、突如真《とつじょま》っ暗闇《くらやみ》。そうなの。落としたショックで、電池が転《ころ》がり出《で》たらしいんだな。

その懐中電灯って、そのホテルに常備《じょうび》されていた古いやつだったからさ。

んもー、あわてた、あわてた。

半分、泣きべそかいてたもんね。

這《は》いつくばって、電池を探そうと思ったんだけどさ。そんなことしてたら、本当に今来た方向を見失ってしまいそうだった。

だって、運が悪いことに、その時わたしは十字路のまんなかにいたんだから。

結局、懐中電灯はあきらめ、真っ暗ななかをひたすらまっすぐに戻《もど》っていったというわけです。

はぁあ。

怖かった！

でもね。ほんとに、デュアンたち、絶対怖いって。たったあれだけのことで、脳天《のうてん》が痺《しび》れるほど怖かったんだもんね。

いやいや、しかし、それもこれも全部ネタ。

あはは。冗談《じょうだん》だけど、ほんと。しつこいようだけど、わたしの真似《まね》してどこかに潜《もぐ》りこんだりしちゃだめだよ。死んじゃなんにもならないからさ（実はあのダンジョン、何人かの行方不明になったりして……）。

というわけで。
あとがきが、すっごーく長くなっちゃった。
デュアン、続きをお楽しみに。
ばいばい！

深沢美潮

電撃文庫　愛読者カード

皆さんのご意見をより良い作品づくりの参考とさせていただきたいと思います。ぜひ以下のアンケートにご協力ください。（※当てはまる番号を○で囲み、カッコ内は具体的にご記入ください）

（1）本書のタイトル（　　　　　　　　　　　　　　　　＜　　＞巻）

（2）本書をどこでお知りになりましたか？（複数回答可）
①書店　②電撃の缶詰　③テレビ・ラジオ（番組名　　　　　　　　　　　　　　　　）
④ＴＶのＣＭ　⑤インターネット　⑥人にすすめられて
⑦雑誌・新聞の記事・広告（雑誌／新聞名　　　　　　　　　　　　　　　　）
⑧その他（　　　　　　　　　　　　　　　　　　　　　　　　）

（3）本書のカバーについての評価をお聞かせください。
①とても良い　②良い　③普通
④悪い（何が悪いのですか？　①イラスト　②デザイン　③タイトルロゴ）

（4）本書の内容についての評価をお聞かせください。
①とても良い　②良い　③普通
④悪い（何が悪いのですか？　①ストーリー　②キャラクター　③設定）

（5）本書以外に電撃文庫を何冊お持ちですか？
①１～２冊　②３～５冊　③６～10冊　④11～20冊　⑤21冊以上　⑥０冊

（6）あなたは年間何冊くらい文庫や新書、単行本を購読しますか？
文庫（　　　）冊　新書（　　　）冊　単行本（　　　）冊

（7）下記の中でよく購読される雑誌は何ですか？（複数回答可）
①電撃王　②電撃PlayStation　③電撃Dreamcast　④電撃NINTENDO64
⑤電撃G'sマガジン　⑥電撃コミック　ガオ！　⑦コミック電撃大王　⑧電撃ｈｐ
⑨電撃HOBBY　MAGAZINE　⑩電撃Animation　magazine

（8）上記以外でよく購読される雑誌は何ですか？（ジャンルは問いません）
（　　　　　　　　　　　　　　　　　　　　　　　　）

（9）よく観る（聴く）テレビ、ラジオ番組を教えてください。
テレビ（　　　　　　　　　　）ラジオ（　　　　　　　　　　）

（10）１カ月のお小遣いはいくらくらいですか？
（　　　　　　　　　　　　　　　　　　　　　　　　）

（11）現在、気になる作家・イラストレーターはいますか？
作家（　　　　　　　　）イラストレーター（　　　　　　　　）
（　　　　　　　　）（　　　　　　　　）

（12）本書に対するご意見、ご感想を自由にお書きください。

●ご協力ありがとうございました

おそれいりますが
切手を貼って
お出しください

郵便はがき

1 0 1 8 3 0 5

東京都千代田区
神田駿河台1−8
東京YWCA会館
株式会社メディアワークス
「電撃文庫」係行

〒	—	ここには何も書かないでください→
住所	都道府県	
		TEL （ ）
氏名	ふりがな	男・女 / 年齢 歳
職業	※以下の中で当てはまる番号を○で囲んで下さい ①小学校3年生以下 ②小4〜6年 ③中1 ④中2 ⑤中3 ⑥高1 ⑦高2 ⑧高3 ⑨短大・専門学校生 ⑩大学生・大学院生 ⑪会社員 ⑫公務員 ⑬自営業 ⑭自由業 ⑮主婦 ⑯予備校生 ⑰フリーアルバイター ⑱無職 ⑲その他（ ）	
お買い上げ書店名	市・区・町	店

※上記の太枠内と裏面のアンケートにご記入の上、このハガキをご返送下さい。抽選で毎月10名の方に図書カード2000円分を進呈いたします。なお、抽選は毎月末に行い、その2カ月後の「電撃の缶詰」にて当選者を発表いたします。

本書は、「電撃ｈｐ」（メディアワークス刊）４号～５号に掲載されたものに、大幅に加筆・修正したものです。

◉深沢美潮著作リスト

著　書：「フォーチュン・クエスト①世にも幸せな冒険者たち」（角川スニーカー文庫）
「フォーチュン・クエスト②忘れられた村の忘れられたスープ(上)」（同）
「フォーチュン・クエスト③忘れられた村の忘れられたスープ(下)」（同）
「フォーチュン・クエスト④ようこそ！　呪われた城へ」（同）

「フォーチュン・クエスト⑤大魔術教団の謎(上)」（角川スニーカー文庫）
「フォーチュン・クエスト⑥大魔術教団の謎(下)」（同）
「フォーチュン・クエスト⑦隠された海図(上)」（同）
「フォーチュン・クエスト⑧隠された海図(下)」（同）
「パステルの旅立ちフォーチュン・クエスト外伝」（同）
「フォーチュン・クエスト外伝2　パステル、予備校に通う」（同）
「フォーチュン・クエスト　バイト編　夕日が二つに見えた夜」（同）
「フォーチュン・クエストバイト編1　夕日が二つに見えた夜」（角川ミニ文庫）
「フォーチュン・クエストバイト編2　消えた少女とロングソード」（同）
「新フォーチュン・クエスト①白い竜の飛来した街」（電撃文庫）
「新フォーチュン・クエスト②キットン族の証《あかし》」（同）
「新フォーチュン・クエスト③偽りの王女」（同）
「新フォーチュン・クエスト④真実の王女〈上〉」（同）
「新フォーチュン・クエスト⑤真実の王女〈下〉」（同）
「新フォーチュン・クエストL①トラップハウスからの挑戦状」（同）
「デュアン・サーク①魔女の森〈上〉」（同）
「デュアン・サーク②魔女の森〈下〉」（同）
「デュアン・サーク③双頭の魔術師〈上〉」（同）

「デュアン・サーク④双頭の魔術師〈下〉」（同）
「デュアン・サーク⑤銀ねず城の黒騎士団〈上〉」（同）
「バンド・クエスト①メンバーを探せ！」（角川ルビー文庫）
「バンド・クエスト②楽器はどこだ？」（同）
「バンド・クエスト③音、出してみよう！」（同）

共著：「深沢電機有限会社」（ログアウト冒険文庫）
「新フォーチュン・クエスト　リプレイ①霧の谷のキノコ」（電撃文庫）
「新フォーチュン・クエスト　リプレイ②鐘の音の響くとき」（同）
「新フォーチュン・クエスト　リプレイ③人形たちの踊る夜」（同）
「新フォーチュン・クエスト　リプレイ④雪狼と氷の娘」（同）
「新フォーチュン・クエスト　リプレイ⑤青い海のたからもの」（同）

原作：「新フォーチュン・クエスト①」（電撃コミックス）
「新フォーチュン・クエスト②」（同）
「新フォーチュン・クエスト③」（同）
「デュアン・サーク①」（同）
「ベイビー・ウィザード」（アスキーコミックス）

本書に対するご意見、ご感想をお寄せください。

■

あて先

〒101-8305 東京都千代田区神田駿河台1-8 東京YWCA会館
メディアワークス電撃文庫編集部
「深沢美潮先生」係
「おときたたかお先生」係

■

電撃文庫

デュアン・サーク⑥

銀《ぎん》ねず城《じょう》の黒騎士団《くろきしだん》〈下〉

深沢美潮《ふかざわみしお》

発行 二〇〇〇年三月二十五日 初版発行

発行者 佐藤辰男

発行所 株式会社メディアワークス
〒一〇一-八三〇五 東京都千代田区神田駿河台一-八
東京YWCA会館
電話〇三-五二八一-五二〇七(編集)

発売元 株式会社角川書店
〒一〇二-八一七七 東京都千代田区富士見二-十三-三
電話〇三-三二三八-八六〇五(営業)

装丁者 荻窪裕司(META+MANIERA)

印刷・製本 旭印刷株式会社

落丁・乱丁本はお取り替えいたします。
定価はカバーに表示してあります。

ISBN4-8402-1479-4 C0193

電撃文庫創刊に際して

文庫は、我が国にとどまらず、世界の書籍の流れのなかで〝小さな巨人〟としての地位を築いてきた。古今東西の名著を、廉価で手に入りやすい形で提供してきたからこそ、人は文庫を自分の師として、また青春の想い出として、語りついできたのである。

その源を、文化的にはドイツのレクラム文庫に求めるにせよ、規模の上でイギリスのペンギンブックスに求めるにせよ、いま文庫は知識人の層の多様化に従って、ますますその意義を大きくしていると言ってよい。

文庫出版の意味するものは、激動の現代のみならず将来にわたって、大きくなることはあっても、小さくなることはないだろう。

「電撃文庫」は、そのように多様化した対象に応え、歴史に耐えうる作品を収録するのはもちろん、新しい世紀を迎えるにあたって、既成の枠をこえる新鮮で強烈なアイ・オープナーたりたい。

その特異さ故に、この存在は、かつて文庫がはじめて出版世界に登場したときと、同じ戸惑いを読書人に与えるかもしれない。

しかし、〈Changing Time, Changing Publishing〉時代は変わって、出版も変わる。時を重ねるなかで、精神の糧として、心の一隅を占めるものとして、次なる文化の担い手の若者たちに確かな評価を得られると信じて、ここに「電撃文庫」を出版する。

1993年6月10日
角川歴彦

文　庫

行こうよ！

絶賛発売中!!

❹真実の王女〈上〉

突然、目の前にパステルそっくりの女の子が現れた!? そして、いきなり大クエストに突入っ!!

❺真実の王女〈下〉

パステルと瓜ふたつのミモザ王女を助けるため、キスキン国へ。そしてついに王者の塔に挑む！

スペシャルクエストに挑戦する『L（リミテッド）』シリーズが登場！

新フォーチュン・クエストL

著／深沢美潮　イラスト／迎 夏生

❶トラップハウスからの挑戦状

ホワイトドラゴンのシロちゃんが仲間になったばかりの頃。パーティの一員・盗賊のトラップに突然届いた「挑戦状」。受けて立ったのはいいけれど……。
盗賊トラップ、一世一代の大勝負!!

電撃

一緒に冒険へ

パステルたち6人と1匹が繰り広げる
RPGエッセンス満載のファンタジー小説

新フォーチュン・クエスト

著／深沢美潮　イラスト／迎 夏生

❶白い竜の飛来した街

パステルは16歳の冒険者。
久しぶりに帰郷したら、
思いがけない事件に巻き込まれて……。

❷キットン族の証（あかし）

パーティ仲間のキットンを救うため、
あわてて駆けつけたパステルたちを
待っていたのは……。

❸偽りの王女

パステルたちに残された多額の
借金。貧乏パーティなのに、いったい
どうすればいいの？

電撃文庫

COOLDOWN
伊達将範
イラスト／緒方剛志
ISBN4－8402－1241－4

氷室克樹が通う高校に転校生が一人。朝霧曜子と名乗るその美少女は、転校初日の全校集会で仮面をかなぐり捨てた……。ノンストップストーリー登場!!

た-09-01　0355

リムーブカース〈上〉
伊達将範
イラスト／しろー大野
ISBN4－8402－1363－1

柊夏菜は胸が小さな事が悩みのごく平凡な女子高生。彼女の目の前で一台の車が炎上した瞬間、すべては始まった――！伊達将範×しろー大野の強力コンビ登場!!

た-9-2　0396

リムーブカース〈下〉
伊達将範
イラスト／しろー大野
ISBN4－8402－1364－X

呪い、輪廻転生、オーパーツ、有翼種、神、そして5000年の恋……。魅力溢れるキーワードに彩られたアクション恋愛ストーリー、感動の完結編！

た-9-3　0397

DADDYFACE
伊達将範
イラスト／西E田
ISBN4－8402－1478－6

いきなり現れた美少女に「あなたの娘だもん」と言われた貧乏大学生・草刈鷲士はとんでもない事件に巻き込まれ……！サービスシーン満載のラブ・コメ決定版。

た-9-4　0428

アナベル・クレセントムーン 呪痕の美姫
中井紀夫
イラスト／いのまたむつみ
ISBN4－8402－1281－3

中井紀夫・いのまたむつみが贈る、本格ファンタジー。禁断の魔術により呪われの身となった王女アナベル。禁呪を解くため、彼女はドラゴンの山へ旅立った―。

な-06-01　0371

電撃文庫

デュアン・サーク①　魔女の森〈上〉

深沢美潮
イラスト／おときたたかお

ISBN4－07－305107－5

深沢美潮、待望の新シリーズが登場！　かけ出しファイターの少年デュアン。迷子になった森の中で2人の冒険者に巡り会い、憧れのクエストに初挑戦!!

ふ-1-4　0133

デュアン・サーク②　魔女の森〈下〉

深沢美潮
イラスト／おときたたかお

ISBN4－07－305231－4

ひよっこ冒険者デュアンは、2人の仲間――オルバとアニエスと共に、魔女の館へ……。そこで彼らを待ち受けるのは!?　デュアンの初めての冒険譚、待望の下巻。

ふ-1-5　0135

デュアン・サーク③　双頭の魔術師〈上〉

深沢美潮
イラスト／おときたたかお

ISBN4－07－307098－3

ドラゴンの宝を目指して、船旅に出発！　しかし、あやしい魔術師との出逢いが、運命を変えた……？　少年デュアンの冒険譚パート2、いよいよスタート！

ふ-1-7　0205

デュアン・サーク④　双頭の魔術師〈下〉

深沢美潮
イラスト／おときたたかお

ISBN4－07－309499－8

双頭の魔術師と共に旅をしてきたデュアンとオルバは、ついにルカ島に到着。果たしてデュアンたちは、無事ドラゴンと出遭い、お宝をゲットできるのか!?

ふ-1-12　0280

デュアン・サーク⑤　銀ねず城の黒騎士団〈上〉

深沢美潮
イラスト／おときたたかお

ISBN4－8402－1285－6

黒騎士団に捕らわれたデュアンとオルバ。身に覚えのない大罪をきせられて……。初心者ファイター・デュアンの冒険譚、待望のパート3は陰謀渦巻く宮廷物語！

ふ-1-16　0372